Bianca

SU HIJA SECRETA

KIM LAWRENCE

HARLEQUIN™

Editado por Harlequin Ibérica.
Una división de HarperCollins Ibérica, S.A.
Núñez de Balboa, 56
28001 Madrid

© 2015 Kim Lawrence
© 2016 Harlequin Ibérica, una división de HarperCollins Ibérica, S.A.
Su hija secreta, n.º 2438 - 13.1.16
Título original: Her Nine Month Confession
Publicada originalmente por Mills & Boon®, Ltd., Londres.

I.S.B.N.: 978-84-687-7377-3
Depósito legal: M-34555-2015
Impresión en CPI (Barcelona)
Fecha impresion para Argentina: 11.7.16
Distribuidor exclusivo para España: LOGISTA
Distribuidores para México: CODIPLYRSA y Despacho Flores
Distribuidores para Argentina: Interior, DGP, S.A. Alvarado 2118.
Cap. Fed./Buenos Aires y Gran Buenos Aires, VACCARO HNOS.

Prólogo

Londres. Tres años antes.

Eran las seis de la mañana cuando Lily se despertó gracias a su reloj interno, una inconveniente peculiaridad genética que siempre la despertaba a esa hora. Sabía que no podría volver a dormirse, pero, durante unos segundos, se resistió a apartar la fina sábana que separaba el sueño de la vigilia.

Además, nunca llegaba tarde y era increíble todo lo que se podía avanzar a aquellas horas, antes de que el resto del mundo o, al menos, de su ruidoso barrio, se despertase.

Acalló a la tediosa voz interior que insistía en ver siempre las cosas de manera positiva y se apartó una maraña de rizos de la cara. Allí tumbada, con el brazo sobre la cabeza, se centró en el resentimiento que sentía hacia las personas capaces de darse la media vuelta y volver a dormirse, como su gemela, Lana, que podía seguir durmiendo aunque hubiese un terremoto. Ella, sin embargo, no era capaz, le ocurría lo mismo todas las mañanas...

Aunque aquella era diferente.

Frunció el ceño, aquella mañana había algo diferente, pero ¿el qué?

¿Había dormido más de lo habitual?

Cerró los ojos y alargó la mano hacia el teléfono que tenía en la mesita de noche. Golpeó varios objetos más antes de encontrarlo y entonces abrió un ojo, miró la pantalla y se llevó el aparato al pecho desnudo. ¡Desnudo! ¿Era eso relevante? No, lo diferente no era la hora ni que estuviese desnuda.

Entonces, ¿qué era?

Miró a su alrededor. No estaba en su habitación.

Fue al darse cuenta de aquello cuando empezó a recordar. Tenía el cuerpo como si hubiese corrido un maratón, cosa que no había hecho ni probablemente haría nunca, pero la noche anterior... ¡La noche anterior!

Abrió los ojos verdes como platos al recordar lo que había ocurrido la noche anterior.

Se llevó una mano al pecho izquierdo porque tenía el corazón a punto de estallar y después giró la cabeza despacio, muy, muy despacio. ¿Y si estaba soñando? Apretó los dientes, preparándose para una decepción que no llegó.

Suspiró. No era un sueño, era real. Él era real.

Parpadeó para enfocar el rostro que había a su lado y su cuerpo sintió deseo al asimilar los rasgos simétricos, grabando cada detalle en su memoria. ¡Aunque jamás se olvidaría de él ni de la noche anterior!

Tenía un rostro que inspiraba una segunda mirada, e incluso una tercera. La estructura ósea de aquel hombre parecía esculpida, tenía la frente ancha, inteligente, los pómulos marcados, la barbilla cuadrada, sexy, las cejas oscuras y pobladas bien definidas, nariz aquilina y una boca amplia, expresiva. Si hubiese tenido que elegir uno solo de sus rasgos habrían sido los ojos.

Bajo aquellos párpados caídos y enmarcados por unas pestañas tan oscuras como su pelo había unos ojos azules, del azul más eléctrico que Lily había visto en toda su vida.

Al mirar su rostro dormido en esos momentos le pareció distinto y después de pensarlo unos segundos se dio cuenta de que era por la falta de energía que había en él, como un campo de fuerza invisible que lo rodeaba cuando estaba despierto.

Decir que parecía vulnerable habría sido demasiado, pero sí que parecía más joven. Los recuerdos se mezclaron con una nostalgia teñida de rosa que no había sentido la primera vez que lo había visto.

Aunque había sabido quién era, por supuesto. En la finca en la que su padre había sido jardinero jefe y en el pueblo, se había hablado mucho de Benedict, el niño nacido en una cuna de oro, el niño mimado de su orgulloso abuelo. Mientras que a todo el mundo le había entusiasmado la idea de que se hubiese mudado a la gran casa, Lily había albergado un silencioso y creciente resentimiento.

Warren Court, una de las fincas privadas más importantes del país estaba a menos de quinientos metros de la casa en la que vivía ella. Aunque ya entonces había sabido que, en todos los aspectos, estaban en universos diferentes. Así que Lily había estado completamente preparada, incluso decidida a que le cayese mal el niño rico.

Entonces había fallecido su padre y ella se había olvidado de Benedict. Ni siquiera lo había visto al lado de su abuelo en el funeral. Lily había pensado que nadie la veía y se había marchado del cementerio para ir hasta el estanque al que había tirado piedras junto a su padre.

Algo que él jamás volvería a hacer.

Había tomado una piedra grande y había sentido su peso en la mano antes de lanzarla al aire. Y había sentido su corazón como aquella piedra, hundiéndose en el agua. Después había lanzado otra, y otra más, hasta que le había dolido el brazo y su rostro había estado bañado por las lágrimas. Entonces había oído llegar a alguien a sus espaldas.

—Así no, necesitas una piedra plana y todo depende del movimiento de la muñeca. Mira...

Y la piedra había saltado por el agua.

—No sé hacerlo.

—Claro que sí. Es fácil.

—¡No sé! —había replicado ella, enfadada—. ¡Mi padre se ha muerto y te odio!

En ese momento había visto sus ojos, tan azules, tan llenos de comprensión.

—Es un asco, ya lo sé —le había contestado el chico dándole otra piedra—. Inténtalo con esta.

Antes de marcharse, Lily había conseguido hacer saltar una piedra tres veces sobre el agua y había decidido que estaba enamorada.

En realidad, había sido inevitable. Lily había ansiado enamorarse y el chico, que casi era un hombre, le había parecido una mezcla de todos los héroes que aparecían en las novelas que devoraba. No solo había vivido en un castillo, sino que le había parecido la personificación del héroe oscuro y melancólico. Maduro, tenía cinco años más que ella, deportista, sofisticado. Lily había soñado mucho con él. Había soñado con que sus fantasías se harían realidad algún día. Hasta la noche del baile...

Había pasado semanas esperando la fiesta de Navidad que el abuelo de Benedict organizaba todos los años en el enorme salón de estilo isabelino que había en Warren Court, donde su madre trabajaba de ama de llaves. Sabía que Benedict, que se había graduado en Oxford aquel verano y que, según su abuelo, estaba haciendo algo importante en la ciudad, asistiría.

Lily había tardado horas en prepararse. Había convencido a Lara, que tenía un mayor sentido de la moda y mucha más ropa gracias a los consejos que le daban en el hotel donde trabajaba los sábados, para que le prestase un vestido. Y cuando Benedict había llegado, lo primero que había pensado Lily había sido que estaba cambiado, y que no iba solo.

–Qué aburrimiento –había dicho la mujer alta y rubia, ataviada con un vestido de diseño, que lo acompañaba, sin molestarse en bajar la voz–. ¿Cuándo podremos marcharnos? No me dijiste que la casa estaría llena de paletos.

Y Lara, que nunca dejaba pasar una oportunidad para tomarle el pelo a Lily acerca de su mal disimulado enamoramiento le había preguntado:

–¿Estás babeando, Lil? Si te gusta, ve por él.

–¡No me gusta! –había replicado ella–. Es aburrido y estirado.

Y entonces se había dado la media vuelta y había visto que lo tenía justo detrás.

Después de aquel bochornoso encuentro, no lo había visto ni había vuelto a pensar en él durante años. Evidentemente, había visto su nombre alguna vez en las páginas de economía del periódico, pero pocas veces porque eran noticias que no le interesaban y ni siquiera sabía muy bien lo que era un magnate de las inversiones.

Lo que no había esperado era encontrárselo en la puerta de una librería.

Lily no creía en el destino, pero... no había otra explicación. Había salido por la puerta justo en el momento en el que él entraba, y como se le había puesto el pelo en la cara por culpa del aire, había chocado con él.

Salió de su ensimismamiento e hizo un esfuerzo para no acariciarle el rostro. Estaba durmiendo profundamente, pero seguía teniendo ojeras. El aspecto cansado le sentaba bien, estaba sexy, pensó Lily.

Suspiró. Era muy guapo. El día anterior había tenido que morderse la lengua para no decírselo, pero al final lo había hecho. Se lo había dicho entre beso y beso. Mientras bajaba con los labios por su pecho.

Eran amantes.

Su primer amante... Eso no se lo había contado. El día anterior había cambiado su vida, y en esos momentos se sentía como otra persona...

—¡Lily!

Benedict había sido de las pocas personas que nunca la habían confundido con su hermana gemela.

Le dio el libro que se le había caído al chocar con él y sus dedos se rozaron. Ninguna fantasía sexual de la adolescencia la había preparado para aquello.

El chispazo había sido tan fuerte que Lily se había quedado completamente en blanco mientras ambos se incorporaban a la vez, lentamente, como si hubiese entre ellos una conexión que ninguno quisiese romper.

Entonces, alguien que pasaba por la calle chocó contra ellos e hizo que se separasen.

El libro volvió a caerse al suelo y ellos se echaron a reír.

En esa ocasión, Lily dejó que Benedict lo recogiese. Lo vio leer el título y arquear una ceja y, en esa ocasión, se aseguró de evitar el contacto al tomarlo.

–Siempre fuiste un ratón de biblioteca –comentó él sonriendo–. Todavía recuerdo la vez que te sorprendí en la biblioteca del abuelo, llevabas escondida entre las faldas una primera edición de Dickens.

–¿Te acuerdas de eso? –le preguntó ella, y después añadió horrorizada–: ¿Era la primera edición?

–No te preocupes, al viejo no le importaba.

–¿Lo sabía?

Benedict se echó a reír de nuevo.

–¿Que utilizabas su biblioteca para tomar prestados libros? Por supuesto que lo sabía, no se le escapa casi nada... –respondió él, apartando la vista de su rostro colorado para mirarse el reloj.

Y ella sonrió e intentó poner gesto de que también tenía prisa. Y se reprendió por creer en las conexiones mágicas y en la química sexual.

–Iba a tomarme un café –añadió él, sonriendo–. Bueno, no es verdad, pero si a ti te apetece tomar un café...

Y a Lily estuvieron a punto de doblársele las rodillas.

«No te precipites, Lily. Te está ofreciendo un capuchino, no una noche de sexo salvaje», se reprendió.

–Sí –respondió ella demasiado deprisa–. No he quedado con Sam hasta dentro de media hora.

Él arqueó las cejas.

–¿Sam es tu novio?

–Somos amigos –respondió ella.

Samantha Jane era en realidad la primera amiga que había hecho en la Escuela de Arte Dramático. A Sam no le importaría si llegaba tarde, le parecería bien. Solía darle consejos acerca de su vida amorosa, o de su ausencia.

–No seas tan exigente –le había dicho Sam–. Mírame a mí, he perdido la cuenta del número de ranas a las que he besado, pero cuando llegue mi príncipe azul lo reconoceré al instante, y la verdad es que las ranas pueden llegar a ser divertidas.

Una hora después Lily y Benedict seguían en una pequeña cafetería, y ella ni siquiera sabía de qué habían estado hablando, pero había hecho reír a Benedict, y él la había hecho sentirse inteligente y sexy. Y divertida. Después de los cinco primeros minutos, Lily se había relajado y había bajado la guardia. Habían charlado de literatura, de política, de su helado favorito y, por supuesto, de su escuela y de la reciente oportunidad que se le había presentado. Había sido más tarde cuando se había dado cuenta de que Benedict casi no le había contado nada de él.

–¿Así que voy a verte en la gran pantalla? –le había preguntado este, con los codos apoyados en la mesa, inclinado hacia delante, mostrando verdadero interés.

Como si solo hubiese tenido ojos para ella.

–Va a ser un papel pequeño.

–No sé si las actrices tienen que ser tan críticas consigo mismas.

–Solo estoy siendo realista. Es un papel pequeño.

–Pero vas a aparecer en una serie de televisión, eso es lo importante.

–He tenido mucha suerte.

–Te vendrían bien unas clases de autopropaganda.

–¿Te estás ofreciendo a dármelas?

Benedict había sonreído lentamente y ella se había derretido por dentro y se le había acelerado el corazón todavía más.

Durante la tercera taza de café, Lily se había dado cuenta de que era adictivo que un hombre la mirase con manifiesto deseo. Sobre todo, cuando el hombre en cuestión había representado, durante gran parte de su vida, el ideal perfecto.

Siempre había comparado a otros hombres con él y, por supuesto, ninguno había estado a la altura.

¿Sería ese el motivo por el que nunca había tenido una relación seria?

Se estaba haciendo aquella pregunta cuando Benedict le agarró la mano y le acarició la palma. Lily se estremeció. Lo que estaba sintiendo en esos momentos no era un enamoramiento de adolescente. No se parecía a nada que hubiese sentido o imaginado sentir antes.

Ni siquiera se había dado cuenta de que había cerrado los ojos hasta que le había oído decir con voz ronca:

–Tengo una habitación.

Y ella no había respondido, no había sido capaz.

Cuando por fin había conseguido articular palabra, la ronca respuesta había sido:

–Sí.

Si hubiese sabido antes lo que se estaba perdiendo exactamente, no habría esperado tanto tiempo. ¡La noche anterior había sido mucho mejor de lo que jamás había soñado!

Su cuerpo todavía vibraba de placer y se sentía feliz. Y tenía por delante muchos días y noches y... Se le aceleró el corazón al pensar en un futuro con Benedict, a su lado en la cama. La noche anterior había sido el comienzo de algo... tenía que serlo.

El sexo había sido increíble y había ido más allá de lo físico. Nada tan especial podía ser transitorio. No sabía cómo calificarlo, pero había sido real.

Su amiga Sam le había preguntado muchas veces que a qué esperaba, y le había aconsejado bajar las expectativas y ser realista.

Lily ya tenía la respuesta a su pregunta: Benedict era el hombre al que había estado esperando.

¿Se habría dado cuenta este de que había sido su primer amante? La noche anterior, la experiencia de su hermana Lara la había hecho guardar el secreto. El hombre del que su gemela se había enamorado le había dicho que no le gustaban las vírgenes.

¿Le ocurriría lo mismo a otros hombres?

¿Y a Benedict?

¿Podía arriesgarse a contárselo?

¿Se consideraría mentirle si no lo hacía?

Al final se le había pasado el momento de contárselo y también el miedo a que su inexperiencia fuese un problema, pero todavía no sabía si se había dado cuenta.

Decidió que se lo preguntaría, sonriendo, contuvo las ganas de despertarlo y volvió a tumbarse, suspirando. Leyó sus correos electrónicos y varias noticias relacionadas con el mundo del teatro.

—¡No! —susurró con lágrimas en los ojos.

La noticia estaba escrita con efusividad e incluía comentarios de amigos de la pareja. Había fotografías de la futura novia, con su enorme anillo de pedida, y el novio... el novio... muy guapo con traje de esquiar, elegante y frío sobre una alfombra roja, dinámico y serio en una conferencia económica.

Lily suspiro y empezó de nuevo a respirar.

La noticia no ha sorprendido a nadie, decía el artículo.

Pero se equivocaba, la había sorprendido a ella, aunque no sabía por qué. Había visto en él lo que había querido ver, no la realidad. Él era un hombre y ella había sido una presa fácil.

Enfadada y dolida, contuvo un sollozo. Se clavó las uñas en las palmas de las manos y lo miró.

Con dieciséis años, lo había visto venir. ¡Había sido más sensata que con veintidós! Aunque Benedict hubiese dado por hecho que a ella le parecía bien tener una aventura de una noche, estaba recién prometido. ¡Era increíble!

Lily estuvo a punto de despertarlo y enfrentarse a él, pero se contuvo, respiró hondo para intentar tranquilizarse. No quería humillarse admitiendo que era una tonta ingenua que creía en las almas gemelas y en el amor verdadero.

Temblando, apartó las sábanas y, con cuidado para no despertarlo, se levantó.

Recogió su ropa y se vistió en el cuarto de baño sin atreverse a encender la luz, y salió de la casa como un ladrón. Estaba amaneciendo.

Ya estaba en el metro cuando se dio cuenta de que había perdido un pendiente.

Y algo más. Lo que no sabía era que también se había llevado algo...

Capítulo 1

DURANTE los dos primeros días de sus vacaciones, Lily se había puesto un vestido de tirantes encima del bikini, se había aplicado brillo en los labios y una sombra de color claro en los ojos y había paseado, sandalias en mano, por la arena blanca de la playa. Había acompañado al resto de los invitados al comedor, una estructura con techo, pero sin paredes. Por las noches, se podía cenar y escuchar la música en directo de un pianista, ver cómo se ponía el sol sobre el mar y beber cócteles exóticos, pero letales.

Todo era bastante idílico, pero había un problema: Lily no tenía con quién compartir la experiencia. Para ella no era un problema, pero, al parecer, para otras personas, sí. Así que esa mañana había decidido desayunar en la terraza de su bungaló, que estaba frente a la playa.

–Si quiere comer aquí también solo tiene que hacer una llamada, señorita.

Lily sonrió a la camarera, Mathilde, que había ido a recoger las cosas del desayuno.

–Tal vez vaya a explorar un poco, o a dar un paseo por la ciudad, pero sí que tomaré el té por la tarde y cenaré aquí.

—¿Sola? —preguntó Mathilde casi con desaprobación.

Ella asintió.

La mayor parte del complejo turístico estaba ocupada por parejas de recién casados. La única persona que también estaba sola era un escritor de libros de viajes que hablaba mucho. Y si bien era interesante saber que la isla había pertenecido a los daneses antes de que estos se la vendiesen a los estadounidenses, no le apetecía escuchar otra charla de aquellas más durante la cena.

Además, estaba disfrutando de la soledad. Tomó su toalla y echó a andar por la arena mientras pensaba en lo mucho que cambiaba la vida al ser madre.

Aunque eso era algo que no habría cambiado por nada del mundo. Sonrió al pensar en su hija. Tal vez no hubiese planeado ser madre, pero ya no podía imaginarse la vida de otra manera. Echaba mucho de menos a Emmy y, de hecho, se sentía como si le faltase algo, pero también le había gustado pasarse media hora haciéndose las uñas, y un par de horas leyendo sin interrupciones.

Aunque habría sido más práctico haberse gastado el dinero en un ordenador nuevo.

—¡No puedes desaprovechar la oportunidad de pasar las vacaciones en un paraíso tropical! —había exclamado su madre cuando ella le había comentado lo anterior.

–Pero Emmy...

–¿No me crees capaz de cuidar de mi nieta una semana?

–Por supuesto que sí, pero no puedo...

Lily se sentía culpable por haber tenido que contar tanto con su madre, que la había apoyado de manera incondicional durante el difícil embarazo y le había salvado la vida durante los primeros meses de insomnio. Jamás habría podido aceptar un trabajo a tiempo parcial si su madre no se hubiese ocupado de Emmy las dos mañanas que ella trabajaba en la universidad.

–¿Qué voy a hacer en esa isla?

–Esa pregunta demuestra lo mucho que necesitas unas vacaciones. ¿Cuánto tiempo hace que no te dedicas media hora a ti misma, Lily? ¿Cuándo ha sido la última vez que has salido con personas de tu edad? Tienes que soltarte el pelo. Tal vez conozcas a alguien...

Lily había suspirado exasperada. Sabía muy bien adónde quería ir a parar su madre.

–Sé que quieres que me case, mamá, pero...

–Quiero que seas feliz, Lily. Quiero que mis dos niñas sean felices.

Lily sabía muy bien lo que eso significaba para su madre.

–Hay alguien ahí afuera para todo el mundo, un alma gemela. Yo encontré a la mía –había añadido–. Jamás hubo ni habrá en mi vida otro hombre que no sea tu padre.

Lily siempre había intentado encajar aquel discurso con los gritos, los portazos y las lágrimas que recordaba de su niñez, pero nunca se lo había dicho a su madre.

–Soy feliz, mamá.

¿Por qué nadie la creía?

Aunque hubiese querido enamorarse, no tenía tiempo. Trabajaba a tiempo parcial en el departamento de arte dramático de la universidad y era voluntaria en un hospicio además de cuidar de su hija de dos años, así que cuando terminaba el día siempre estaba agotada.

Lily consideraba que tenía una vida activa y gratificante. De vez en cuando se hacía preguntas, pero por poco tiempo. Todavía tenía ambiciones, aunque no fuesen las mismas que cuando había terminado la carrera.

Pero su vida había cambiado inesperadamente y no le importaba. En esos momentos lo que más quería era ser una buena madre para su hija. Si bien no había sido mala actriz, había descubierto que podía ser todavía mejor profesora. En cuanto Emmy empezase el colegio, se prepararía para poder ser profesora titular, no solo adjunta. Tal vez jamás viese su nombre en la gran pantalla, pero podía hacer que otras personas descubriesen la liberación de convertirse en otra persona encima de un escenario.

Mientras paseaba por la arena, no pensó en su futura carrera, sino en la conversación que había tenido la tarde anterior con su hija a través del ordenador.

Aunque la niña se había dormido a los cinco minutos, hablar con ella había hecho que Lily desease abrazarla, oler su pelo. Se le hizo un nudo en la garganta solo de pensarlo.

Dejó caer la toalla en la arena y miró hacia el mar. Mientras se acercaba al agua caliente, clara, había en su pecho una mezcla de orgullo y soledad.

Devolverle el cuadro había sido un golpe de efecto, pero, en su defensa, Ben tenía que admitir que había intentado todo lo demás y nada había funcionado. Su abuelo se había negado entonces y seguía negándose a retroceder. No quería admitir que vender la vieja casa o los terrenos era una forma de planificación financiera a largo plazo.

Aquella mañana, después de llevar unos minutos discutiendo con él, su abuelo le había dicho que se marchase de su casa, y Ben, que no quería decir nada de lo que después pudiese arrepentirse, había aceptado la invitación.

Gobiernos e instituciones financieras escuchaban sus análisis, valoraban su opinión, pero tenía que aceptar que su abuelo ni siquiera lo consideraba un adulto, mucho menos alguien cualificado para darle consejo.

Iba andando por el pasillo y se detuvo para responder a un mensaje que le había enviado su secretaria. Tenía una reunión en París dos horas más tarde. Entonces oyó un ruido. Miró por la ventana hacia donde estaba el helicóptero en el que había llegado y se sintió tentado a hacer como si no lo hubiese oído, pero entonces se repitió, era el llanto de un niño.

Presa de la curiosidad, se guardó el teléfono en el bolsillo y siguió el sonido, que lo llevó hasta la cocina.

La puerta estaba abierta y al entrar Ben vio a un niño en brazos del ama de llaves de su abuelo, Elizabeth Gray.

–Vaya pulmones –comentó.

«Y cuánto pelo», pensó. La niña tenía el pelo rizado y rojizo, y le recordó algo en lo que prefería no pensar.

Aquello era historia.

–¡Benedict!

La sonrisa de Elizabeth no habría sido tan amplia y cariñosa si hubiese sabido que se había acostado con una de sus hijas.

–Tu abuelo no me había dicho que ibas a venir...

–No lo sabía –respondió él.

–¿Y te vas a quedar a...? Da igual. ¿Te importa tomarla en brazos?

No era una sugerencia ni una petición, sino un ruego al que Ben todavía no había respondido cuando se encontró con la niña, que seguía llorando, en brazos. Era una experiencia nueva para él... Se quedó rígido, sujetando a la pequeña que pataleaba y gritaba sin parar.

Ben no tenía nada en contra de los niños, y entendía que algunas personas quisiesen procrear, aunque también se preguntaba por qué lo hacían otras. Como su madre, que jamás había fingido tener instinto maternal. Su madre, que había hecho todo lo posible por olvidarse de que tenía un hijo. Siempre había tenido claro que lo primero era lo primero: su carrera. Y, como ella misma había dicho, el hecho de no tener una madre siempre pendiente de él lo había convertido en una persona autosuficiente.

Ben reconocía en sí mismo algunos de aquellos rasgos de carácter, que para determinadas personas podrían considerarse defectos. Era ambicioso y estaba completamente volcado en su trabajo. En resumen, era egoísta. Y eso unido a su agudo instinto hacía que tuviese mucho éxito en su trabajo.

No le hacía falta el instinto para saber que habría sido un padre horrible. Era evidente. Ser un buen padre requería sacrificio y compromiso, cosas de las que él no era capaz. Su decisión de no tener hijos era otro motivo de fricción con su abuelo, que estaba empeñado en hacer perdurar su apellido.

–¿Está enferma? –preguntó, intentando que no se notase lo incómodo que estaba y mirando a la niña con cautela.

–Se ha dado un golpe en la cabeza mientras perseguía al gato. Vamos a ver... no es nada grave –dijo

Elizabeth, masajeando la cabeza de la pequeña–, pero no deja de sangrar y a Emmy no le gusta la sangre. No obstante, es una niña muy valiente, ¿verdad, cariño?

La valiente niña dio otro alarido y Ben se preguntó si sería normal que una niña gritase tanto. Él, que había sido el único error de sus padres, no tenía ni idea.

–No sabía que Lara tuviese una hija –comentó–. ¿Está de visita, o es que han vuelto de los Estados Unidos? –preguntó, a pesar de que no le interesaba lo más mínimo.

No se imaginaba a Lara Gray casada tan joven, aunque sabía que se había casado, siempre había sido una niña muy rebelde. Tampoco se había imaginado que su hermana se marcharía de su casa antes de que él despertase.

Pero lo había hecho.

Despertar y ver la almohada vacía a su lado tenía que haber sido un alivio, pero Ben se había puesto furioso al darse cuenta de que se había marchado dejando atrás nada más que el esquivo olor de su perfume, algún arañazo en sus hombros y un pendiente de perla. Después de tres años, veía otra cabeza llena de rizos rojizos y todavía le molestaba.

No le gustaba que lo utilizasen y siempre había odiado la mala educación.

Su ego no era precisamente frágil, pero al alargar la mano en busca de la piel caliente de una mujer y encontrarse la sábana fría y vacía, se había sentido enfadado y también... perdido.

No obstante, sabía que aquello no había ocurrido en el mejor momento. Lo había sabido y, aun así, lo había hecho. Había sabido que su vida personal estaría sometida al escrutinio público debido a su compromiso y ruptura del mismo, y tampoco habría sido justo exponer a Lily al mismo.

Pero era toda una ironía que la mujer que había despertado en él su instinto de caballero, la mujer con la que mejor sexo había tenido en toda su vida, se hubiese marchado así. No obstante, la vida era una línea de aprendizaje y él había continuado viviendo.

Había racionalizado la situación. Lily había sido justo lo que él había necesitado, había aparecido en el momento adecuado. Y lo había sorprendido mucho. Siempre le había parecido tan... dulce. Pero era evidente que también estaba centrada en su carrera y que el sexo era solo una diversión. Ya había conocido antes a muchas otras mujeres con aquella actitud pragmática.

–¿Lara? –repitió Elizabeth, apartándose un mechón de pelo rubio de la cara–. Lara no tiene hijos. Es la niña de Lily.

–¿Lily está casada? –preguntó Ben inmediatamente, sin saber por qué.

–No, no está casada. Es madre soltera. Y estoy muy orgullosa de ella –añadió el ama de llaves, poniéndose a la defensiva–. Ha vuelto a vivir aquí y trabaja a tiempo parcial en la universidad, así que yo la ayudo siempre que puedo.

Ben intentó asimilar toda la información que acababa de recibir y las fuertes emociones que esta estaba desatando.

Así que no era actriz, no se paseaba por alfombras rojas, era solo... Miró a la niña, que había dejado de llorar. Tenía las pestañas negras y los ojos muy azules.

De un azul cobalto.

Y se puso tenso.

—Debe de ser complicado —comentó.

Elizabeth asintió.

—Aunque yo estoy encantada de ayudarla. Emmy es un amor, pero Lily...

—¿Mamá? —dijo la niña—. ¡Quiero mamá!

—Es evidente que sabe lo que quiere —comentó Ben.

Elizabeth se echó a reír.

—Sí, no se parece en nada a su madre, con la que siempre fue todo muy sencillo. Lara ya era otra historia. Es difícil hacer entender el concepto del tiempo a los niños —comentó mientras le ponía una tirita a la niña—. Ya está.

Elizabeth aplaudió y la niña la imitó con las manos pequeñas, regordetas. Su mente no podía dejar de darle vueltas a una idea, pero una y otra vez chocaba contra un muro. ¡Su teoría era completamente ridícula!

La tensión que tenía acumulada en los hombros

bajó al reflexionar y decirse que en el mundo había muchas personas con los ojos azules; entre ellas, el padre de la niña.

Pero un segundo después dejó de sonreír de nuevo. Acababa de ver en la niña una mancha de nacimiento igual que la que tenía su propia madre y tuvo que contenerse para no apartar el pelo de la pequeña y examinarla mejor.

–Mamá –repitió esta, agarrando su corbata de seda y metiéndosela en la boca.

¿A quién llamaría papá?

–No hagas eso, Emmy, te puedes ahogar –la reprendió su abuela, mirando a Ben con preocupación–. Lo siento... ¿Estás bien?

Él respiró hondo e intentó esbozar una sonrisa.

–He discutido con mi abuelo.

De repente, parecía que hacía siglos de aquello.

Y no pudo evitar hacerse una pregunta. ¿Sería aquella niña... suya? ¿Su hija?

Aquello era surrealista.

¡Imposible!

Miró a la pequeña, que clavó sus ojos en los de él, muy seria, antes de sonreír y volver a agarrarle la corbata.

–¡Mía!

Ben sintió que algo se rompía en su interior y tuvo que tragar saliva, prefirió no poner nombre a aquella incómoda sensación que tenía en el pecho.

–¡No, Emmy! Lo siento, Ben...

Elizabeth alargó los brazos y él le tendió a la pequeña, pero antes aspiró el olor de su pelo y sintió la suavidad de su mejilla. Tragó saliva. No era posible.

Sí, sí que lo era. Estaba seguro.

Elizabeth le quitó a la niña la corbata de las manos y la pequeña gritó con frustración.

—Tu abuelo te echa de menos.

Ben sacudió la cabeza para intentar deshacerse del zumbido que tenía en ella.

—Pues nadie lo diría.

Pensó que la noticia de que era padre no era precisamente algo que lo alegrase, pero que era mejor que no saberlo, y vivir con la duda.

Puso los hombros rectos y ocultó sus sentimientos detrás de una sonrisa.

—Entonces, ¿estás cuidando de la pequeña?

—Voy a tenerla aquí toda la semana, ¿verdad, cariño? —dijo Elizabeth—. Lily ha ganado un premio en un concurso y está de vacaciones.

Ben apretó la mandíbula. Al parecer, la maternidad no había cambiado el ritmo de vida de Lily.

—Iba a rechazarlo.

«Sí, claro», pensó Ben.

—Tuve que llevarla al aeropuerto a la fuerza. Es justo lo que necesitaba, un poco de sol. Llevaba mucho tiempo sin hacer nada para ella misma, y eso no es sano. No paro de repetirle que hay una vida más allá de Emmy, pero no me escucha.

Ben se imaginó a Lily en bikini y respiró hondo, le enfadaba no poder controlarse. Aunque aquella niña no fuese suya, no le gustaba ningún padre que antepusiese sus propias necesidades a las de sus hijos.

–¿Y esta marca de nacimiento...? –preguntando, buscando en el rostro del ama de llaves algo que la delatase, pero o era la mejor actriz del mundo o tampoco se había dado cuenta.

Elizabeth apartó el pelo de la niña y tocó la marca que tenía en la sien derecha.

–Parece una luna, ¿verdad?

En el trabajo, Ben sabía que no era bueno precipitarse al sacar conclusiones, y en ese momento tampoco quería hacerlo.

–¿Qué edad tiene?

–Dos años. Tenía que nacer más o menos en la misma fecha que nacieron las gemelas, pero Lily se cayó y la niña nació un mes antes.

–Mi madre tiene, o tenía, una marca de nacimiento parecida a esta.

Se la había hecho quitar cuando se había hecho su primer lifting.

–¿Qué tal está tu madre? –preguntó Elizabeth.

Ben supo que se lo preguntaba por educación más que por interés, así que se encogió de hombros.

–Ni idea.

Después, impulsivamente, tocó un rizo de la niña, y volvió a apartar la mano como si se hubiese quemado.

–Tiene el mismo pelo que su madre.

Y los ojos de él, la barbilla también era suya, y la marca de nacimiento...

Estaba intentando ser objetivo, pero era complicado teniendo la realidad justo delante. Respiró hondo, puso los hombros rectos. Salvo que alguien le diese una prueba de lo contrario, aquella niña era hija suya.

Elizabeth asintió, sonrió de manera nostálgica y suspiró.

—Me encantaba peinar a las niñas cuando eran pequeñas. Crecen tan rápidamente.

—Es muy...

Hizo una pausa, se le había hecho un nudo en la garganta al recordar la melena rizada y rojiza apoyada en su pecho.

—Es un pelo precioso —continuó Elizabeth—. Es de la familia de mi marido. Había muchos pelirrojos con la piel clara, de origen irlandés. Siempre se quemaban con el sol, aunque esta niña no va a tener ese problema.

Haciendo un enorme esfuerzo para controlarse, Ben preguntó con naturalidad:

—¿Ha heredado la piel de su padre?

—No lo sé. Lily nunca me ha hablado de él —admitió Elizabeth bajando la vista y cambiando a la niña de hombro.

«Seguro que no», pensó Ben. Aunque tendría que hacerlo cuando volviera. Él estaría esperándola.

Aunque, ¿por qué esperar?

–¿Quieres que preparen tu habitación? ¿Has visto a Jane?

–No me voy a quedar, pero me encantaría tomarme un café antes de irme.

Se quedó media hora más y obtuvo la información que necesitaba mientras se tomaba el café. Creía firmemente en la importancia de escoger el campo de batalla y en que había que aprovechar el efecto sorpresa, así que no se iba a quedar esperando mientras Lily se ponía morena en una playa tropical.

Quería ver la cara que ponía cuando apareciese allí. Quería escuchar la verdad de sus labios, ¡aunque fuese tres años tarde!

Apartó de su mente la imagen de aquellos labios separándose para besarlo y salió con paso decidido del edificio.

Tardó una hora en darse cuenta de por qué le resultaba familiar aquella isla paradisiaca.

–Entonces, ¿lo cancelo todo para los tres próximos días? –le preguntó su secretaria cuando la llamó por teléfono.

–Mejor que sean cuatro.

–De acuerdo, cuatro días. ¿Vas a alojarte en la casa, o hago una reserva en alguna parte?

–¿La casa?

–¿Has cambiado de idea y ya no quieres venderla?

Ben se acordó entonces de que su secretaria le

estaba hablando de la casa que había heredado de su tío abuelo.

—Por ahora, no quiero venderla. Veré qué tal está antes de tomar una decisión.

El vuelo se le hizo eterno. Cuando por fin aterrizó pidió que le llevasen el equipaje a la casa y él fue directo al hotel que Elizabeth Gray le había descrito como paradisiaco.

Y no había paraíso sin tentación.

Ben se hizo sombra con la mano y pensó que estaba bajo los efectos del cambio horario. Aunque en realidad ya lo había estado al llegar a Warren Court doce horas antes. En esos momentos, mientras andaba por la arena blanca de la playa con sus zapatos de piel hechos a mano y el mismo traje, había pasado a otro nivel.

Estaba funcionando con una combinación de adrenalina e ira. El tiempo que había pasado desde su descubrimiento no había reducido esta última, sino que había hecho que prácticamente se le agotase la paciencia.

Con la vista clavada en el horizonte, se agachó y examinó la arena que había alrededor del bungaló de Lily. No era tan difícil encontrar a una pelirroja, sobre todo, ayudado por generosas propinas. Las huellas se dirigían hacia el agua.

Se incorporó y fue hasta la toalla que había a unos metros de allí. La tomó y descubrió en ella un característico aroma a rosas. Su libido reaccionó y eso lo molestó.

Todavía recordaba aquel olor, lo recordaba todo.

Juró entre dientes y agarró la toalla con fuerza mientras clavaba la mirada en la cabeza que se veía a lo lejos, dentro del agua, demasiado lejos, teniendo en cuenta los carteles que advertían de la presencia de corrientes peligrosas en la zona.

Todo su cuerpo se puso tenso al ver que la figura empezaba a nadar hacia la orilla.

A su espalda, el azul claro del agua casi se fundía con el cielo. Delante era de color turquesa y clara como el cristal. La temperatura era maravillosa y aunque Lily había pensado que solo estaría allí un par de minutos, al final había perdido la noción del tiempo. Había disfrutado nadando sin olvidar que la camarera le había contado que un turista no había visto los carteles que advertían del peligro de la playa y se había ahogado.

Una de las cosas que había aprendido sobre la maternidad era que hacía que una fuese mucho más consciente de su propia mortalidad y mucho más prudente. Aunque a ella nunca le había gustado el riesgo, de hecho, solo había sido osada una vez.

Cansada de nadar, se sintió aliviada cuando sus pies por fin tocaron la arena. Nadó un poco más y, cuando el agua le llegaba a los hombros, empezó a caminar. Fue poco después cuando se dio cuenta de que no estaba sola. Había una figura en la playa.

Imaginó que sería otro cliente del hotel y levantó

una mano para saludarlo mientras se apartaba un mechón de pelo de la cara y se limpiaba el agua de los ojos.

Y entonces se aclaró su visión.

Por un momento, se negó a aceptar lo que estaba viendo. Con el corazón acelerado, cerró los ojos, se los frotó para quitar el agua que quedaba y volvió a abrirlos.

El hombre del traje negro, alto, moreno y aterradoramente inconfundible, seguía allí. El color de sus ojos era inusual, pero no único, lo veía todos los días.

La última vez que había clavado la mirada en sus ojos se había derretido, en esos momentos, se quedó helada. Completamente paralizada. Su mente se cerró, fue una respuesta protectora ante una situación en la que no podía hacer nada más.

Capítulo 2

NO SABÍA el motivo, pero el padre de su hija estaba allí, todavía más alto e imponente de lo que lo recordaba. Iba vestido con un traje gris y camisa blanca con el primer botón desabrochado. Su vestimenta era casi tan inapropiada como el anhelo que ella estaba sintiendo en la zona de la pelvis. ¿Por qué la hacía sentirse como si fuese ella la que no iba bien vestida para la ocasión?

Lily tuvo que hacer uso de sus habilidades como actriz para levantar la barbilla y poner gesto de sorpresa, como si quisiera decirle que el mundo era un pañuelo. Aunque no lo era, el mundo era enorme y él estaba allí. Era difícil pensar que aquello significaba algo bueno.

No obstante, se obligó a no pensar lo peor y se dijo que, al fin y al cabo, Emmy estaba sana y salva, en casa. Ojalá ella hubiese podido estar allí también. Era muy difícil fingir que estaba tranquila cuando en realidad estaba hecha un manojo de nervios.

No obstante, avanzó hacia él. Estaba tan concentrada en controlarse que casi no se dio cuenta de lo tenso que estaba Ben hasta que no llegó a su lado. Irradiaba ira, odio. Y su blanco era ella.

Lily se sintió culpable, sintió miedo y vergüenza y, apartando el rostro de Emmy de su mente, intentó mirarlo a los ojos con cierta compostura.

Era evidente que Ben lo sabía.

Ella deseó echar a correr hacia el mar, pero puso los hombros rectos y le dijo con una voz que sonó extrañamente normal.

–Hola.

«¿Hola?».

Ni siquiera parecía sentirse culpable, Ben estudió su cuerpo sinuoso y pálido y tragó saliva al notar que la ira se mezclaba con el deseo, un deseo que lo había paralizado al verla salir del agua cual mítica diosa.

Tenía que alegar en su defensa que Lily Grant era la clase de mujer capaz de parar el tráfico aunque fuese vestida con una bolsa de basura. Y en esos momentos iba casi desnuda. El bikini negro que llevaba puesto era minúsculo y el color enfatizaba la cremosa palidez de su piel brillante. Era tan impresionante como recordaba, pensó, mientras la devoraba con la mirada. Tal vez estuviese algo más exuberante que tres años atrás, lo que era bueno, pero Ben todavía podría abarcar su cintura con las manos.

Se miró las manos y se dio cuenta de que tenía en ellas la toalla de Lily. Apretó la mandíbula y se reprendió por la falta de control de sus emociones. Luego, gruñó y le tiró la toalla.

–Gracias –dijo Lily, sonriendo de manera mecánica y poniéndose la toalla alrededor de los pechos mientras esperaba a que Ben hablase.

Al ver que no lo hacía, se escurrió el agua del pelo, sorprendida de poder hacerlo sin que le temblasen las manos, ya que seguía asustada y sentía las rodillas cada vez más débiles.

Estaba viviendo su peor pesadilla. Si el suelo se hubiese abierto bajo sus pies en ese momento, habría saltado al vacío.

Pero el suelo no se abrió, así que se enfrentó a la mirada hostil de Ben con la mayor compostura posible.

–Qué sorpresa. ¿Qué estás haciendo aquí?

–¿Tú qué crees? –replicó él, apartando la vista por el pequeño río de agua que corría por su cremoso hombro.

–Nunca se me han dado bien las adivinanzas –respondió Lily–. ¿Tienes algo que decirme...?

Él guardó silencio.

–Entonces, si me perdonas, llego tarde a mi masaje.

Intentó pasar por su lado, pero Ben le bloqueó el paso.

–Vas a tener que hacerme un hueco en tu agenda, porque tenemos que hablar. Qué tal si empiezas tú por decirme algo así como que se te había olvidado completamente, pero que tenemos un hijo juntos desde hace un par de años...

Lily cerró los ojos y se maldijo, pero luego pensó que tal vez aquel fuese tan buen momento como cualquier otro para pasar por aquello. Tomó aire y lo miró a los ojos, asintió.

–Lo siento. Quiero decir que siento que te hayas enterado... –se interrumpió, en realidad, no sabía cómo se había enterado–. Así.

Él apretó la mandíbula.

–Entonces, ¿no vas a negármelo?

–No se me da bien mentir.

–Pues yo opino todo lo contrario.

–No te mentí, solo decidí no...

–¿No cargarme con la verdad? ¿O es que no estabas segura de quién era el padre?

El insulto casi la hizo reír, pero apretó los dientes y contuvo la risa. Era una ironía que no iba a compartir con Ben. Contarle que ella había pensado que aquella noche podía haber sido el inicio de algo especial habría resultado humillante, prefería que Ben pensase que era una fresca que se acostaba con cualquiera.

–Jamás tuve la menor duda –le respondió.

–Por curiosidad, ¿no ibas a contármelo nunca? –inquirió él, a punto de perder el control.

–Lo pensé –admitió ella.

Y entonces recordó la sorpresa que se había llevado al leer en la prensa el artículo que la ex de Ben había escrito. Al parecer, solo habían estado comprometidos cinco minutos, y luego él había cambiado de opinión y había dejado plantada a la pobre mujer. La espectacular exmodelo había contado que Ben tenía fobia al compromiso, pero que el motivo real de la ruptura había sido su negativa a tener familia.

Al leer aquello estando en la consulta del médico Lily se había dado cuenta de que no podía decirle a Ben que estaba embarazada.

—Pero sabía cómo reaccionarías —continuó.

Él arqueó una ceja.

—¿Cómo?

Lily estudió su rostro y se le encogió el corazón en el pecho, era muy guapo. Alargó las manos en un gesto expresivo.

—Así.

Antes de quedarse embarazada, Lily nunca se había preguntado si quería ser madre. Al contrario que Ben quien, al parecer, había decidido que no quería ser padre. Un hombre que rompía un compromiso porque no quería tener hijos jamás podía alegrarse al saber que iba a ser padre después de una aventura de una noche.

—¿Cómo te has enterado? —le preguntó.

—¿Que cómo me he enterado? —repitió él, sacudiendo la cabeza y mirándola como si estuviese loca—. La he visto, y ella me ha visto a mí... ¿Tu madre no sabe nada?

Lily tragó saliva al pensar en la de veces que se había sentido tentada a confiar en alguien.

–No, mamá no lo sabe. Te puedes relajar, que no se lo he contado a nadie.

Ni siquiera a su gemela. Sobre todo, porque Lara estaba casada y deseando quedarse embarazada, pero no estaba teniendo suerte. Acostumbrada a confiar siempre en ella, a Lily le había costado mucho aceptar aquella nueva realidad. Solo esperaba que el muro que se había creado entre ambas desapareciese cuando Lara se quedase por fin embarazada.

–¡Que me relaje!

Lily intentó no sentirse intimidada por su ira, pero no le fue fácil. Se mordió la parte interna de la mejilla para no retroceder y poder seguir de pie donde estaba.

–Nadie tiene por qué saberlo, nada tiene que cambiar –le aseguró.

Él cerró los ojos y juró entre dientes. Luego volvió a abrirlos.

–Ya ha cambiado.

Ella quiso contradecirlo, pero se limitó a mirarlo a los ojos.

–¿Cómo es posible que tu madre, que nadie, se haya dado cuenta?

–No lo sé –admitió Lily–. A mí siempre me ha parecido obvio, pero nadie más lo ha visto. Así que pensé que por qué...

–¿Molestarte? –inquirió él furioso–. ¡Soy su padre!

–Biológico –añadió ella, bajando la mirada para que Ben no viese el dolor y la tristeza que sentía cuando pensaba en que su hija se merecía un padre que la quisiera.

Ben la miró con incredulidad.

–¿No piensas que un niño necesita tener un padre?

A Lily le entraron ganas de echarse a reír, pero tuvo la sensación de que iba a ponerse a llorar.

–Depende del padre.

Era mejor que su hija no tuviese padre a que tuviese uno que no la quisiera.

Lily sabía que su padre las había querido a su hermana y a ella, pero nunca había podido olvidar la discusión que había oído sin querer la noche antes de que este falleciera. En esos momentos, como adulta, entendía que sus padres habían sido una pareja con problemas de dinero, que se habían dicho cosas que en realidad no habían sentido, pero, aun así, su padre le había gritado a su madre que si no tenían dinero había sido porque ella había querido quedarse con las niñas.

Lily se obligó a dejar de recordar aquello, pero se prometió que evitaría que su hija sintiese que no la querían.

Lo cierto era que ella tampoco había querido que Ben formase parte de su vida porque habría sido un recuerdo constante de su propio desengaño amoroso.

Habría sido una agonía. Lo era solo de mirarlo.

Ella ya no era tan inocente como para llamarlo amor, pero lo que sentía cuando lo veía era algo incontrolable, que tampoco era solo atracción.

La repuesta de Lily hizo que Ben tomase aire. Bajó la mirada y no pudo evitar preguntarse si Lily tenía razón.

Su propio padre había formado parte de su vida solo un poco más que su madre, y no lo había hecho porque de verdad lo hubiese sentido así, sino solo porque le habían preocupado las apariencias.

¿Podía hacerlo él mejor?

Siempre había pensado que era un hombre preparado para aceptar sus responsabilidades y aceptar las consecuencias de decisiones erróneas, aunque fuesen decisiones que pudiesen cambiarle la vida.

Aquello no había sido su decisión, pero había ocurrido, así que tenía que aceptarlo.

—Así que decidiste sacarme de la ecuación —añadió, enfadado.

A pesar de saber que era una ecuación de la que jamás había querido formar parte iba a hacer lo correcto, lo correcto para su hija.

—En realidad no lo pensé así, pero sí...

—¿Y solo pensaste en Emily Rose?

—Es mi trabajo.

—¿Y decidiste que su vida sería mejor sin mí en ella?

Lily no quiso que Ben se diese cuenta del daño que le había hecho aquella pregunta.

–¿Qué hay de lo que ella quiere? –le preguntó este.

–¿A qué te refieres?

–Un niño jamás debería crecer sintiendo que no lo quieren.

–¡Emmy no se siente así! –replicó Lily enfadada.

–Has permitido que piense que su padre no la quiere. Cuando tomaste aquella decisión unilateral de no contármelo, ¿te paraste a pensar en cómo se sentirá dentro de unos años, cuando piense que su padre la rechazó? Tal vez eso afecte a su desarrollo emocional, a sus relaciones futuras. Has querido privarla de algo que tú tuviste... algo que dabas por descontado, pero yo no.

Aquello ablandó el corazón de Lily, que nunca se había preguntado por qué Ben había ido a vivir con su abuelo. Jamás se le había pasado por la cabeza que sus padres no lo hubiesen querido.

–Me voy a asegurar de que mi hija no crezca pensando que no la quieren. Tendrá lo que todos los niños merecen. Lo que yo... –Ben se interrumpió.

«No tuve», pensó Lily, intentando recordar una sola ocasión en la que los padres de Ben hubiesen ido a ver a este a Warren Court. No recordó ninguna.

–Siento que no tuvieses una niñez feliz, pero...

Él la fulminó con la mirada.

–No estamos hablando de mí, sino de lo que es mejor para nuestra hija. Para ti tal vez signifique un gran mérito luchar económicamente para sacarla a delante...

–¡No es verdad! –protestó ella, sin dejar de sentir pena por el niño triste y solitario que había sido–. Tú no querías tener hijos.

–¿Y tú querías abandonar tu carrera justo cuando estaba despegando?

–¡Ese no es el tema!

Él arqueó las cejas y sonrió triunfante.

–Exacto. Y aunque yo fuese el cretino que piensas que soy, aunque me hubieses dado la opción y yo hubiese decidido no formar parte de su vida, al menos tendría una obligación económica hacia ella.

–¡El dinero no es lo que importa!

–Por supuesto que no, hay mucho más. Mucho más que tu orgullo. Así que ahórrate ese discurso. Mi hija va a tener todo lo que yo pueda darle, ve haciéndote a la idea.

–¿Piensas que puedes aparecer así, de repente, y asumir el control de la situación? –le preguntó Lily, asustada.

Él se encogió de hombros.

–Ahora que lo mencionas, sí.

Ella sintió un escalofrío a pesar del calor del sol. Recordó que en un reciente artículo de prensa había leído que Ben Warrender era todo un depredador en los negocios. Y que no estaba acostumbrado a que nadie le llevase la contraria tampoco en su vida privada.

—Todavía estás en estado de shock –le dijo, intentando calmar los ánimos–. Estoy segura de que cuando te tranquilices verás las cosas de otra manera...

—¡Por supuesto que estoy en shock! ¡No hace falta que me lo digas!

—No quiero nada de ti –balbució Lily, presa del pánico–. No necesitamos nada. ¿Qué sentido tenía contártelo? No teníamos nada de qué hablar entonces ni ahora.

Ben apretó la mandíbula.

—¿No has escuchado nada de lo que te he dicho?

—Sí, y en lo único en que estoy de acuerdo es en que lo importante es pensar en lo que es mejor para Emmy. Y un padre que no la quiere no lo es.

—No se trata de querer o no querer. Ha ocurrido.

—¡Y no lo hice yo sola!

—¡Tomé precauciones! –se defendió Ben.

—¡Pues fallaron!

Algo en la expresión de Lily hizo que Ben se parase a pensar por primera vez en cómo se habría sentido Lily al darse cuenta de que estaba embarazada. ¿Habría sentido miedo? ¿Se habría enfadado? ¿Lo habría odiado?

¿Habría pretendido castigarlo y por eso no se lo había contado?

¿Y por qué demonios se sentía culpable?

–Bueno, ahí me has dado...

–No pretendía...

–¿Darme?

–Tengo que ir a mi habitación, me voy a que-
mar con el sol –murmuró Lily de repente, echando
a andar.

–Piensas que voy a ser un padre horrible –continuó Ben–. Y tal vez tengas razón, pero vamos a
tener que averiguarlo.

–Pero si tú no quieres...

–No me digas lo que quiero y no conviertas esto
en una pelea, Lily, porque la vas a perder. Vamos
a ahorrarnos los reproches mutuos y vamos a hacer
frente a la situación.

–¡No puedo! –gritó ella, echando a correr por la
playa con el rostro lleno de lágrimas.

Cuando llegó a su bungaló estaba sin aliento. Se
sentó en el escalón más alto del porche, a la sombra, y esperó.

No podía huir.

Unos segundos después lo oyó acercarse. Ella
siguió con la mirada clavada en la arena hasta que
vio aparecer sus zapatos de piel hechos a mano cu-
biertos de arena. Levantó la mirada hasta sus ojos
azules y no pudo evitar que se le acelerase el pulso.

–Siento haberme comportado como una niña.

Ben intentó seguir enfadado, pero vio las lágrimas en sus grandes ojos verdes y no fue capaz. Parecía tan vulnerable que tuvo que hacer un esfuerzo
para no reconfortarla. En su lugar, se sentó a su

lado y esperó. Aquello no estaba saliendo como él había imaginado.

Lily se puso tensa. A pesar de tener la mirada clavada en la arena, sintió cómo Ben se sacudía la arena de los pantalones antes de apoyar las manos en ellos.

—Sé que tenemos que hablar —admitió por fin, mirándolo con tristeza—, pero ¿podemos hacerlo más tarde?

—A mí me parece que ya he esperado suficiente. No he podido estar con mi hija porque no sabía de su existencia —le dijo, esbozando una sonrisa—. ¿Cuál es tu excusa?

Ella levantó la barbilla, le ardían las mejillas de deseo y vergüenza al mismo tiempo. Se puso en pie y lo miró.

—¿Qué quieres decir? —le preguntó en voz baja.

Ben se encogió de hombros.

—Le has dejado a la niña a tu madre para venirte a pasear medio desnuda por una playa tropical.

—Es la primera vez que paso una noche separada de Emmy —replicó ella—. ¿No querrás hacerme sentir como una mala madre? ¿No pretenderás quitarme a Emmy?

—No te pongas paranoica conmigo —le advirtió Ben, levantándose también y mirándola de arriba abajo.

Le enfadaba que Lily lo viese como una amenaza, pero admiraba que defendiese así a la niña, como una tigresa.

–La quieres –comentó Ben, encogiéndose de hombros.

–¡Por supuesto que la quiero! ¡Soy su madre!

A él casi le dio envidia que Lily diese aquello por hecho. ¿Qué pensaría de una madre que había permitido que su hijo llamase mamá a la niñera? A su madre siempre le había parecido bien, hasta que había sorprendido a la niñera en la cama con su marido.

–Eso es evidente. Y, dado que la quieres, supongo que estarás de acuerdo conmigo en que la niña necesita estabilidad.

–Tiene estabilidad.

–¿Y cuando en el futuro...?

Ben se imaginó el futuro, un futuro en el que Lily estaría con otros hombres, y apretó la mandíbula.

–¿El qué?

–Mi hija...

–Tu hija. ¿Dónde estabas cuando tenía cólicos o cuando...?

Lily cerró los ojos y contó hasta diez, respiró hondo.

–Lo siento, eso no ha sido justo, pero tú tampoco lo has sido. Tal vez no sea una madre perfecta, pero lo hago lo mejor que puedo, y tengo a mi madre si la necesito. Voy a darme una ducha. Y tú deberías hacer lo mismo, tienes un aspecto horrible –mintió.

Ben se pasó una mano por el rostro cubierto de barba de tres días y la miró con incredulidad.

–No me puedes dar con la puerta en las narices así.

–Lo sé, pero... ¿Por qué te has presentado aquí así? ¿Qué querías, que me disculpase por haber tenido a Emmy? –le preguntó, levantando la barbilla–. Porque eso no va a ocurrir, y jamás habría permitido que me convencieses de que abortase.

–¿Eso piensas que habría hecho? –inquirió Ben con incredulidad–. ¿Por eso no me lo contaste?

–Ya tenía bastante con lo que luchar sin tener que enfrentarme a ti –respondió ella, cerrando los ojos–. Sabía que no querías tener hijos. No es ningún secreto. Y es tu decisión. La mía fue tener a Emmy.

A pesar de las voces que le habían dicho que no la tuviera.

–¿Piensas que habría intentado coaccionarte? –volvió a preguntar Ben, sorprendido.

–No se te ocurra decirme que te habrías puesto contento si te hubieses enterado de que estaba embarazada. Nos acostamos una noche y me quedé embarazada. Lo que ocurrió fue porque yo quise, mi responsabilidad.

–Y la mía también. Y voy a asumirla. No hay nada que pueda cambiar eso.

Lily levantó la barbilla.

–Tal vez me equivocase al no contarte que estaba embarazada...

–¿Tal vez?

–¡Estás buscando un motivo para estar enfadado conmigo!

Ben se llevó las manos a las sienes.

–Tienes razón, pero no tienes derecho a...

Bajó las manos y las apoyó en los hombros de Lily. Aquello era suficiente.

–Mírame.

Lily se obligó a hacerlo.

–Tengo derechos. Tal vez te gustaría que no los tuviese, pero soy el padre de la niña y pretendo formar parte de su vida.

Apartó las manos de los hombros esbeltos de Lily.

–¿Y ahora, qué? –preguntó ella, derrotada.

«Buena pregunta».

–Vamos a hablar. Te recogeré a... –Ben se miró el reloj antes de continuar–. Las siete. En el vestíbulo del hotel, ¿de acuerdo?

Demasiado cansada para discutir, Lily lo vio marchar y después entró en su bungaló.

Se dejó caer en el sofá y se quedó dormida llorando.

Capítulo 3

TODAVÍA estaba allí tumbada, varias horas después, cuando llegó la camarera con el té.

—¿Está bien, señorita?

Lily se incorporó y se llevó una mano a la frente.

—Me duele la cabeza, Mathilde.

La otra mujer la miró con compresión y continuó hablando mientras Lily buscaba una aspirina en la maleta y se la tomaba. La escena que había vivido unas horas antes se repitió en su cabeza mientras se lavaba la cara y se alisaba el pelo.

Cuando salió del cuarto de baño la camarera seguía allí y parecía muy contenta.

—Tiene un mensaje importante, señorita, tome.

Lily abrió el sobre en blanco que había en la bandeja junto a los pequeños bollitos y sándwiches de la merienda. Consciente de la atenta mirada de Mathilde, lo abrió y sacó la nota que había en él, la desdobló y leyó: *Seis y media.*

Un hombre de pocas palabras y ninguna de ellas era «por favor», pensó, sintiéndose rebelde. «¿De qué sirve? Reserva la energía para las batallas importantes», se dijo después. Un cambio de horario no lo era.

—El hombre que ha dejado el mensaje en recepción es el inglés rico —le explicó la camarera.

—No todos los ingleses son ricos, Mathilde.

—Este sí —insistió la chica—. Ha llegado en un avión privado esta mañana. La tripulación está al otro lado de la isla. Lo sé porque mi prima trabaja en el hotel. El inglés les paga un salario y ellos se dedican a tomar el sol. Eso es ser muy rico.

Lily no pudo contradecirla. Y se recordó que la riqueza solía ir acompañada de poder. Hecho que había estado a punto de olvidar.

—¿Es su novio?

A Lily le entraron ganas de echarse a reír.

—No —respondió ella, sintiéndose casi culpable al ver que la otra chica se desanimaba—. Vivimos en mundos distintos. Mi madre trabaja para su familia, y mi padre lo hacía también.

Sintió nostalgia de una época en la que su relación con él había sido así de sencilla. Aunque al menos tenía la esperanza de acabar con los rumores que debían de estar circulando por la isla.

Lily pasó el resto del día muy nerviosa. Era evidente que tendría que ceder, pero ¿cuánto?

Terminó de prepararse pronto, demasiado pronto. Por suerte tenía poca ropa, así que cuando se miró por última vez en el espejo solo se había cambiado de conjunto tres veces. Después estuvo a punto de llegar tarde. Ya estaba casi en el edificio principal del hotel cuando se dio cuenta de que se le habían olvidado los zapatos. Cuando por fin volvió con unas bonitas sandalias, estaba acalorada y sin aliento.

Clavó la vista en el reloj de pared: seguía siendo temprano. «¿Acaso importa si llegas tarde?», se preguntó mientras se limpiaba la arena y se ponía las sandalias. Habría dado cualquier cosa por tener unos tacones de aguja, pero, con una niña de dos años, los tacones habían dejado de formar parte de su vida.

–Señorita Gray.

Lily se puso recta para mirar a la chica que había salido de detrás del mostrador de recepción.

–El señor Warrender me ha pedido que le diga que estará fuera a las seis y media.

«Por si no sabes leer».

–Gracias.

–¿Le traigo un cóctel?

–Sí –respondió, desesperada por encontrar el valor necesario para enfrentarse a lo que la esperase.

Lily estaba esperando fuera cuando Ben llegó al volante de un lujoso todoterreno descapotable. Despeinado por el viento, su aspecto era informal elegante. Iba vestido con una camisa blanca y unos pantalones de lino claros. En el asiento trasero descansaba una chaqueta a juego.

Un botones del hotel se apresuró a abrir la puerta para que Lily subiese y ella se lo agradeció porque era un vehículo muy alto.

En cuanto se sentó a su lado, Ben se dio cuenta de que se ponía todavía más tensa. No era en lo primero en lo que se había fijado de ella, por supuesto. Sintió un calor intenso por todo el cuerpo, en especial a la altura de la bragueta, antes de apartar la vista.

—Si esperabas una limusina, lo siento.

—No —respondió ella en tono inexpresivo—. ¿Adónde vamos?

—Alguien me ha recomendado un lugar cercano, pero al parecer las carreteras de esa parte de la isla requieren un todoterreno...

Dejó la frase sin terminar y la miró demasiado tiempo seguido. Fue ella la que apartó el rostro, pero siguió sintiendo su mirada.

Y se sintió sorprendida cuando añadió, casi como una acusación:

—Hueles a algo... ¿a flores?

Ella se llevo la muñeca a la nariz, era un olor muy suave a rosas. Ben debía de tener buen olfato, o tal vez odiase aquel olor.

—Es el jabón.

El mismo que utilizaba desde que era niña.

«Lo había usado aquella noche y dejó el olor en la almohada», pensó Ben.

Lily luchó contra el cinturón de seguridad y él se giró a mirarla, su melena rojiza, que caía sobre uno de los hombros, era preciosa. Llevaba puesto un vestido verde que dejaba al descubierto su bonita clavícula, los hombros y la delicada curva de la espina dorsal superior. La vio inclinarse más hacia delante y el pelo dejó libre el cuello. Ben giró la cabeza bruscamente. Cuando empezaba a fantasear con la nuca de una mujer era el momento de... ¿de qué exactamente? Se reprendió. Estaba allí para negociar las condiciones de la custodia, no para negociar sexo.

No iba a ser sencillo y Ben supo que no se podía distraer.

–Siento haber llegado tan pronto –dijo.

–No has llegado pronto. Recibí la nota y también el mensaje de la recepcionista.

–No me gusta que me hagan esperar.

–Qué sorpresa.

–Te sugiero que te agarres.

Lily ignoró aquel comentario, pero unos minutos después decidió anteponer la seguridad al orgullo y se agarró al asa que había encima de la puerta.

–Me han dicho que fuera no hay sitio para aparcar –le explicó Ben mientras detenía el coche cerca de un bonito puerto–. ¿Podrás andar con las sandalias?

Lily sintió calor al notar su mirada en las piernas.

–No llevo tacones, así que podré andar –respondió–. No tenía pensado salir a cenar ni...

–Me ha parecido buena idea escoger un territorio neutral –comentó él–. Y ambos tenemos que comer. Relájate, no es una cita.

–Jamás he pensado que lo fuera –dijo Lily, bajando del coche sola antes de que Ben pudiese dar la vuelta al coche.

No obstante, este le tendió la mano cuando metió el pie entre dos piedras, pero ella no la aceptó y puso la espalda muy recta.

No podía permitirse el lujo de relajarse y bajar la guardia ni un instante, se recordó. No iba a permitir tampoco que la mangoneasen. Iba a ser ella quien pusiese las condiciones.

Al empezar a bajar la colina se oyeron risas procedentes de la zona del puerto y Lily giró la cabeza hacia ellas. Bajo la luz de la luna, su delicado perfil hizo que Ben contuviese la respiración mientras la veía, delgada, elegante.

Él alargó el paso para ponerse a su lado y Lily perdió la batalla contra la obsesión de mirarlo. En la oscuridad, su rostro eran todo líneas y curvas. Apartó la vista rápidamente, por miedo a que Ben viese deseo en sus ojos.

–Ten cuidado, esta parte es más pronunciada –le dijo él, agarrándola del codo y viéndola abrir los ojos como platos al sentir la misma corriente eléctrica que había sentido él–. ¿Y cómo ha ido?

–¿El qué?

–El masaje.

Sin aviso previo, la imagen de unas manos fuertes y morenas inundó su cabeza, unos dedos largos y expertos le acariciaban la piel, y Lily estuvo a punto de tropezar. Habría necesitado mucho más que un masaje para deshacer los nudos que tenía en la espalda y en los hombros.

—Muy relajante —mintió.

El suelo lleno de piedras se allanó al entrar en el puerto. El contraste entre la carretera vacía, bordeada de bosque, y el animado puerto, lleno de farolillos, cafeterías y bares, fue muy brusco. El ambiente relajado era muy distinto al del lujoso y cuidado hotel. A Lily le gustó más, o le habría gustado en otras circunstancias, si no hubiese estado tan tensa.

Ben la condujo directamente a un restaurante en el que las mesas estaban situadas en una plataforma sobre el agua.

—He pensado que te gustaría cenar al aire libre —comentó mientras un camarero los acompañaba hasta la mesa que estaba al final de la plataforma—. Al parecer, la comida es buena.

Lily suspiró con impaciencia. ¿Por qué estaba fingiendo?

—No tengo hambre.

Ben apoyó los codos en la mesa y se inclinó hacia delante. Era una mesa pequeña y sus rodillas casi se tocaban por debajo. Lily contuvo el impulso de retroceder, en su lugar, se puso muy recta.

—No tenemos por qué hacer que esto sea tan difícil.

Y ella se recordó sentada a horcajadas sobre él, haciendo el amor. Se llevó la mano a la garganta, sintió cómo una gota de sudor corría entre sus pechos y tomó la carta para esconderse detrás.

–No tengo hambre –repitió en tono monótono.

Él se encogió de hombros y se echó hacia atrás.

–Como quieras.

Lily se indignó al verlo leer la carta tan tranquilamente. Al parecer, estaba escrita en francés, y él pidió en ese mismo idioma y luego la miró con una ceja arqueada.

–Solo quiero una ensalada –le dijo ella al camarero.

Ben esperó a que el joven se hubiese marchado antes de anunciar:

–He hablado con mi abogado.

Aquello la alarmó. No pudo evitar pensar que iban a tener que luchar por la custodia de Emmy.

–¿Quieres agua?

Lily asintió y se pasó la lengua por los labios secos.

–Sí, por favor –respondió–. ¿Con tu abogado? No lo entiendo.

Ben tomó la botella de agua fría que había encima de la mesa y llenó las dos copas.

–No tengo planeado morirme mañana, ni en un futuro cercano, pero si me ocurriese algo...

Su aspecto era muy vital, pensó Lily, que tomó aire, pero no pudo deshacerse de la presión que tenía en el pecho.

–Solo pretendo ser práctico.

«Pues yo odio el pragmatismo», reflexionó ella.

–Tengo que establecer las disposiciones –añadió, consciente de que prefería dedicarse a aquello y retrasar el momento en el que tendría que decidir otros aspectos, aspectos que no sabía cómo iba a tratar.

¿Se podría aprender a querer? ¿O habría expertos que afirmaban que si no te habían querido de niño eras incapaz de sentir esa emoción de adulto?

Apartó aquellas preguntas de su mente y continuó.

–Ya te enviarán los detalles del fondo fiduciario, porque supongo que querrás ser una de las administradoras, ¿no?

–Yo... –empezó Lily, aturdida por la conversación–. Pensé que querrías hacerme preguntas...

–¿Preguntas?

–Acerca de Emmy –añadió ella, con el ceño fruncido al ver por un instante una emoción rara en sus ojos azules–. ¿No quieres saber nada de ella?

–No sé mucho de bebés... me pareció que tenía todo en su sitio... –divagó Ben–. Sé que tiene un buen par de pulmones.

El comentario la hizo sonreír, pero un segundo después volvió a ponerse tensa.

–¿Por qué? ¿Cómo lo sabes?

–¡No te asustes! –le pidió él–. Se había caído y se había dado un golpe en la cabeza, persiguiendo a un gato, creo.

Luego se llevó la mano al cuello.

–Se comió mi corbata –comentó, y su mirada se enterneció al recordarlo.

–Se lo lleva todo a la boca –admitió Lily sonriendo sin darse cuenta–. Entonces, ¿qué es lo que quieres? ¿Pasar tiempo con ella?

–Por supuesto. Es mi hija, me gustaría conocerla.

–Un niño exige mucho tiempo, y tú estás muy ocupado.

La expresión de Ben se volvió fría al oír aquello.

–¿Piensas que voy a anteponer mi trabajo a mi hija?

La pregunta la sorprendió.

–No serías el primero, pero lo que intento decir en realidad es que la gente no se da cuenta del trabajo que implica un niño pequeño... aunque sea solo durante el fin de semana.

Dejó la servilleta que había estado retorciendo con los dedos y preguntó directamente:

–¿Tendrás una niñera para cuando vayas a estar con ella? Si es así, me gustaría dar mi opinión cuando vayas a elegirla.

–Entonces, ¿no te opones a que tenga una niñera?

–Mejor una niñera que la novia de turno.

–¿También quieres formar parte de la elección? ¿O tengo que permanecer célibe el resto de mi vida?

–Ríete si quieres, pero...

–Tranquilízate. Quiero conocer a mi hija, sin terceras personas.

Lily se preguntó si a ella también la consideraría una tercera persona. Sintió tanto miedo que, por un instante, estuvo a punto de decirle que había cambiado de idea y que no iba a acceder a nada de aquello, pero la voz pausada de Ben apaciguó su inquietud.

–No voy a intentar secuestrarla. Solo quiero formar parte de su vida. Quiero...

Hizo una pausa para pensar lo que iba a decir. ¿Qué era lo que quería? Cuando encontró la respuesta, se relajó en la silla.

–Quiero que sepa que, si alguna vez me necesita, podrá contar conmigo.

A Lily le pareció sincero. Estaría ahí para Emmy y eso era algo que ella no le podía arrebatar. De repente, se sintió abrumada por el sentimiento de culpa y apartó la vista.

–¿Seguro que quieres una ensalada?

Lily levantó la vista.

–¿Qué?

Ben estaba mirando una bandeja de marisco que el camarero llevaba a otra mesa.

–Eso tiene muy buena pinta.

–De verdad que no tengo hambre.

–¿Quieres estar presente cuando se lo cuente a tu madre?

La sugerencia hizo que Lily abriese los ojos como platos.

–¡No! Nunca he pensado en contárselo.

–Pues a mí me parece que ahora hay que hacerlo, ¿no?

–No... sí... Aunque no hay necesidad de hacer pública la noticia. Es un tema privado.

Él imaginó que con privado Lily se refería a que era secreto.

–Dejará de ser privado en cuanto se lo cuente a mi abuelo –la corrigió.

–¡Oh, no!

–Se va a poner muy contento. Cuando supere la noticia de que lleva dos años viviendo muy cerca de su bisnieta y no lo sabía. Son dos años que ha perdido.

Lily bajó la vista. Era evidente que Ben no hablaba solo de su abuelo.

–Va a cambiar todo –balbució.

Ben jamás la iba a perdonar. Volvió a levantar la vista y vio que él la miraba con expresión burlona.

–¿Qué pensabas que iba a ocurrir?

–Supongo... –empezó, tragó saliva y se encogió de hombros con tristeza–. Pensé que íbamos a ir despacio... que al principio podrías venir a ver a Emmy una hora o algo así. Y después, cuando te conociese un poco, podrías llevártela al parque. Pensé que íbamos a hablar las cosas...

–Lo estamos haciendo.

Ella negó con la cabeza.

–No. Tú me estás diciendo lo que va a pasar, no me estás preguntando lo que quiero yo.

El camarero llegó y ambos esperaron a que hubiese dejado la comida y se hubiese marchado.

–¿De qué quieres que hablemos?

Lily lo miró con frustración e intentó organizar sus pensamientos.

–Esto está yendo demasiado deprisa. Es posible que después cambies de opinión. Y no quiero que Emmy te conozca y que después desaparezcas de su vida. Necesita estabilidad, continuidad... no...

–Necesita un padre. Veo que piensas que llevo muy mala vida...

–¡Yo no he dicho eso! –protestó Lily, viéndolo diseccionar el filete que tenía en el plato.

Él dejó el cuchillo y la miró fijamente.

–Voy a formar parte de la vida de mi hija, así que ve acostumbrándote, Lily.

Sus palabras la enfadaron e hicieron que se sintiese indefensa.

–Eso lo dices ahora –replicó, dejando el tenedor que tenía en la mano y mirándolo con dureza–, pero tu historial no me inspira ninguna confianza. Y tengo que proteger a mi hija.

Él arqueó las cejas.

–¿Te importaría ser más específica?

–Bueno, supongo que a la mujer con la que estabas prometido cuando te acostaste conmigo también le dijiste que querías formar parte de su vida...

Él se echó a reír.

–¿Caro?

–¿Es que había más de una? –inquirió ella.

–En realidad nunca estuvimos prometidos.

Aquello indignó a Lily.

–¡Pero si vi el anillo!

Lo había llevado puesto en la fotografía que aparecía junto al artículo de prensa.

–Es cierto que hubo un anillo, pero era solo un regalo.

–Así que lo del compromiso se lo imaginó ella, ¿no? –inquirió Lily enfadada.

–No, se lo inventó. ¿Sabes cuántas mentiras se publican a lo largo del año?

Caro solo había querido utilizarlo para hacerse más famosa y conseguir tal vez un programa de televisión.

Y Ben se dio cuenta en ese momento de que tal vez aquello hubiese influido para que Lily no le contase que estaba embarazada.

–Yo estaba allí –insistió esta–. Yo era la otra.

Él la miró, pensativo.

–¿Y eso te molesta?

–Por supuesto que sí –admitió Lily, ruborizándose.

–Si tanto te importa, en un futuro sería mejor que hicieses alguna pregunta antes de acostarte con alguien.

Indignada, Lily se puso muy recta.

–No recuerdo que tú me hicieses ninguna pregunta –replicó–. Yo también podía haber tenido novio.

–No pretendo darte clases de moralidad, pero

tengo que admitir que marcharme a escondidas antes del amanecer nunca ha sido mi estilo.

Lily sintió todavía más calor en las mejillas, bajó la vista y tomó su copa.

—No me habría importado que tuvieras novio. Tenías que ser mía.

Ella levantó la vista al oír aquello. Por un instante, a Ben le brillaron los ojos como a un depredador, después retomó la conversación anterior.

—Entonces, ¿quieres estar presente cuando se lo cuente a tu madre o no?

—¿Contárselo a mi madre?

Lily se preguntó si se lo habría imaginado ella. El calor que había entre sus muslos no era fruto de la imaginación.

—A mi madre, desde luego, no se lo vamos a contar —añadió él.

—¿Por qué no?

—Porque Signe nunca se ha acordado de que tiene un hijo, así que dudo mucho que le interese una nieta.

Lily tardó un instante en reconocer el nombre. Ben llamaba a su madre por su nombre.

—No digas eso...

—Es la verdad. No es precisamente una mujer volcada en su familia. Y, por desgracia, yo he heredado eso de ella, así que tengo mucho que aprender.

Su confesión la sorprendió.

—Cualquiera diría que... te cae mal tu madre.

El comentario no pareció ofenderlo. De hecho, Ben se quedó pensativo.

–No es eso. En realidad no tenemos relación, pero admiro sus logros profesionales. Se ha hecho un hueco en el mundo del derecho internacional, un mundo pequeño en el que ella es toda una autoridad.

–Es tu madre –dijo Lily sorprendida por aquel análisis tan objetivo–. Hablas de ella como si fuese una extraña.

–No todos tenemos la familia perfecta, como tú.

–Mi familia no era perfecta. Mi padre... –se interrumpió, muerta de la vergüenza al darse cuenta de que se le estaban llenando los ojos de lágrimas.

–Lo siento. Me acuerdo de tu padre –le dijo él, recordando realmente algo que le resultaba agradable–. Una Navidad que estábamos en Warren Court, antes de que yo fuese a vivir allí, me enseñó a pescar.

–¿De verdad? No lo sabía.

–Era un buen hombre.

–Hablas como mi madre. Siempre habla del pasado como si hubiese sido perfecto, maravilloso, pero la verdad era que discutían todo el tiempo. Y yo lo odiaba. Me hacía sentirme... insegura.

Dejó de hablar porque no quería contarle más. Ni siquiera sabía por qué le había contado aquello, era algo de lo que no había hablado ni siquiera con su gemela.

–Supongo que es una cuestión de interpretación.

Para mí son los silencios, la apatía, la falta de interés incluso para discutir. Entonces es cuando una relación está muerta. Los conflictos pueden ser sanos.

Ella rio con incredulidad.

—A mí siempre me pareció que tus padres estaban muy enamorados. Saltaban chispas entre ellos.

Antes de que a Lily le diese tiempo a responder, vio cómo Ben tomaba un trozo de aguacate de su plato y la miraba fijamente.

—Pero no soy un experto en esos temas —añadió.

—Cómetela si quieres —le dijo ella, empujando el plato hacia delante.

—Pues sí, porque no he tenido tiempo de comer nada y lo único que hay en casa es un armario lleno de latas de melocotón.

—¿Qué casa?

—Resulta que tengo una casa aquí.

—¿Resulta?

—Tenía un tío que vivía aquí. Falleció el año pasado.

—Lo siento.

—No lo conocía. A Signe no se le dan bien las relaciones familiares. El caso es que he heredado la casa y no he llegado a ponerla a la venta. Está en la parte antigua de la ciudad.

—¿En la zona protegida?

Lily había dado un paseo por allí y le había encantado.

Él asintió.

–Te invitaría, pero hay varios centímetros de polvo.

–¿Tu tío vivía solo?

–Con una casa llena de recuerdos.

–Qué triste.

Ben estaba abriendo otra botella de agua y Lily se fijó en sus dedos largos y elegantes, hábiles y fuertes. Intentó no pensar en sus caricias, pero el recuerdo de una de esas manos tocándole el pecho la asaltó.

–Tenía que haberte preguntado si querías vino. Yo no he pedido porque voy a conducir –dijo Ben mientras le servía el agua.

–No –respondió ella.

Lo último que le faltaba era desinhibirse.

–Bueno, vamos a brindar por mí.

Lily lo miró con el ceño fruncido.

–Es mi cumpleaños.

–¿En serio?

Él arqueó una ceja.

–Se me había olvidado.

–¿Cómo se te va a olvidar tu cumpleaños?

En casa de Lily los cumpleaños siempre habían sido un gran motivo de celebración. El año anterior había sido el primero que no lo había celebrado con Lara.

–Tenía muchas cosas en mente.

–Bueno, pues feliz cumpleaños.

Ben inclinó la cabeza.

–Sin duda, es un cumpleaños que jamás olvidaré.

–¿Qué hiciste el año pasado?

–De ese me acuerdo. Me lo pasé en la cama.

Capítulo 4

¿ESTABAS enfermo?
Hubo un momento de silencio que se rompió con la risa de Ben.

–Entonces, ¿por qué...? –empezó Lily, pero se interrumpió al entenderlo.

Le ardieron las mejillas y no pudo evitar sentir celos.

El rubor de sus mejillas lo fascinó. Se preguntó si el color se extendería por el resto de su piel. Bajó la vista y dejó de sonreír al clavarla en la curva de sus pechos, que se marcaba en la delgada tela verde del vestido.

Lily reaccionó ante su mirada como si hubiese sido una caricia. Era incapaz de controlar la respuesta de su cuerpo.

–Oh –gimió él sin darse cuenta, haciendo que a Lily se le pudiese la carne de gallina.

Cuando sus ojos volvieron a clavarse en los de ella, su color era mucho más oscuro.

–Relájate. Jamás he esperado que una mujer se acostase conmigo a cambio de una cena –le dijo él, levantando su copa–. Aunque tampoco estoy diciendo que no haya habido ninguna noche que haya terminado así

–Ya imagino –replicó ella, levantando la barbilla–. Siempre y cuando tengas claro que esta no va a terminar así...

Ben pensó en cómo se había sentido al verla salir del hotel aquella noche. Su cuerpo había reaccionado de tal manera que había sido incapaz de bajarse del coche para ayudarla a subir.

Teniendo en cuenta que era un hombre que se enorgullecía de su capacidad de autocontrol, el viaje hasta el puerto había sido todo un reto. En vez de tranquilizarse, se había ido excitando cada vez más. El olor de Lily era delicioso. Y Ben ardía por tocar la suave tela del vestido y todo lo que había debajo...

Había tenido que hacer un gran esfuerzo para poner su libido a raya, y no lo había conseguido del todo. No entendía qué tenía Lily, además de lo que era obvio, que le hacía perder así el control.

Respiró hondo y apartó la vista de sus sensuales labios.

–Ten cuidado, Lily, otro hombre podría tomarlo como un reto.

Ella negó con la cabeza.

–No era mi intención.

Se propuso controlar al menos su cuerpo, aunque no pudiese controlar su mente. Se dijo que lo único que los unía era Emmy y que tenían que definir claramente el papel de cada uno de ellos como padres.

El único problema era que, cuando miraba a Ben, perdía por completo el autocontrol.

–Pensé que podría ser mi regalo de cumpleaños –dijo él en tono de broma, pero con los ojos brillantes.

Ella se limpió los labios con la servilleta.

–No sé dónde estará el baño –dijo, mirando por encima de su hombro.

Ya se había puesto en pie cuando sus miradas se cruzaron y a Lily se le doblaron las rodillas sin aviso previo y se volvió a sentar. El deseo de la mirada de Ben tenía un efecto paralizador.

Sin romper el contacto visual, Ben chasqueó los dedos.

–La cuenta, por favor.

Lily lo vio dejar un montón de billetes encima de la pequeña bandeja sin tan siquiera mirar el importe aunque, a juzgar por la expresión del camarero, era demasiado.

–¿Nos vamos?

–¿Tú quieres quedarte? –le preguntó él.

Lily lo miró y deseó no saber lo que quería.

–Pensé que tenías hambre.

–Y así es.

Sus miradas volvieron a cruzarse y Lily se derritió por dentro, no necesitó que Ben le explicase aquel comentario. Ya sabía lo que significaba y admitirlo habría hecho que el viaje de vuelta fuese todavía más incómodo.

Lo hicieron en completo silencio y Lily se sobresaltó cuando Ben lo rompió para anunciar:

—Ya hemos llegado.

Detuvo el coche y apagó el motor, sumiéndolo todo en un intenso silencio. Lily podía oír hasta los latidos de su corazón y, a lo lejos, el susurro del mar.

Desorientada, miró a su alrededor.

—Pero...

Se dio cuenta de que Ben no había entrado por la puerta principal, sino por un camino polvoriento que terminaba frente a los árboles. A través de estos se veía su bungaló.

—Ah, gracias.

—Quería pedirte algo...

A Lily se le aceleró el corazón, en la noche, sus ojos azules eran hipnóticamente oscuros. Se sintió invadida por el anhelo, que dejó su mente en blanco.

—¿El qué?

—No sé si tendrás una fotografía de Emily Rose para darme.

Aquello la devolvió de golpe a la realidad. Ben estaba pensando en Emmy mientras que ella...

—Por supuesto, me he traído unas cuentas.

—Pasaré a buscarla mañana. Piensa en lo que hemos hablado y ya me dirás qué te parece... No quiero que sientas que te estoy presionando.

—Sí, claro... —dijo ella, y respiró hondo—. Está bien.

Cerró los ojos y se quedó donde estaba, pensando que era una tonta, mientras él daba la vuelta al coche para ir a abrirle la puerta.

Estaba muy oscuro, pero cuando Ben llegó al otro lado un rayo de luz de luna iluminó la figura esbelta que estaba a punto de bajar y él sintió deseo.

Era mala idea, muy mala idea, pero no se trataba de hacer las cosas bien, sino del deseo que sentía en esos momentos.

Sabía que el sexo sería estupendo, mejor que estupendo, pero... ¿y después?

¿Cuántas relaciones laborales se estropeaban porque dos personas se acostaban juntas? Cuando las cosas iban mal, y antes o después iban mal, empezaban las recriminaciones y los insultos... ¡Era una pesadilla! Así que tenía que pensar a largo plazo. Ya iba a ser bastante duro establecer una relación con su hija sin añadirle más obstáculos.

—Ten cuidado, hay un agujero ahí —dijo, alargando los brazos.

Y justo en ese instante cayó ella en medio, haciéndolo retroceder.

—Lo siento —balbució.

La respuesta de Ben fue apretarla más contra su cuerpo, tanto, que Lily notó su erección en el vientre y no pudo evitar gemir. Por un instante, apoyó la cara en su hombro y cerró los ojos, se quedó allí.

–¿Estás bien? –le preguntó él, tocándole el rostro.

Casi había ternura en su voz y eso la llenó de emoción. Emoción que, combinada con el deseo que corría por sus venas, la convirtió en una marioneta.

A él se le aceleró la respiración y Lily se dio cuenta y retrocedió un poco.

–No es buena idea, Ben –susurró, sabiendo que era una locura.

«Como si las cosas no fuesen lo suficientemente complicadas».

–Estoy de acuerdo –admitió él, abrazándola más–. Es mala idea...

Lily no intentó zafarse. En su lugar, levantó la mano que no estaba atrapada entre los cuerpos de ambos y tocó su barbilla.

–Muy mala –le dijo antes de darle un beso en los labios.

Él gimió y la soltó. La tomó de la mano y la llevó hacia el bungaló y Lily, que no podía seguir sus pasos, tuvo que echar casi a correr.

Llegaron a las escaleras de la mano y sin aliento. Y entonces Ben se giró y la devoró con la mirada antes de besarla. Lily cerró los ojos y dejó que la tomase en brazos para llevarla dentro.

–¿Dónde está la cama? –le preguntó él después de cerrar la puerta de una patada.

–Da igual –balbució ella sin pensarlo.

Ben asintió y la tumbó en el suelo. La sensación de Lily era extraña, como si no tuviese fuerza en el cuerpo. Aturdida, lo vio arrodillarse y quitarse la camisa.

Su cuerpo atlético, perfecto, la dejó sin aliento e hizo que aumentase el deseo. Parecía un dios pagano.

–¡Eres impresionante! –le dijo a pesar de que tenía un nudo en la garganta, pasando los dedos por su vientre y agarrando la cinturilla de su pantalón de lino para bajárselo.

Ben colocó una mano bajo su trasero para amortiguar el impacto de su cuerpo y después la hizo rodar con él hasta quedar frente a frente.

Lily notó cómo le temblaban las manos mientras intentaba desabrocharle el vestido. Ella también estaba temblando. Se quedó inmóvil mientras Ben la besaba en el cuello justo antes de bajarle el vestido hasta la cintura.

Ella suspiró.

–Eres preciosa, Lily.

Su feminidad lo conmovía. Ben no quería darle demasiadas vueltas a lo que sentía, no quería ponerle a aquello un nombre que no tenía... Era sexo, solo sexo, aunque un sexo estupendo.

–Eres... –se quedó sin palabras y las remplazó por besos.

Se besaron, se acariciaron, entrelazaron las piernas, hasta que Ben se colocó encima de ella y se llevó la mano al botón de los pantalones.

Ansiosa por deshacerse de la barrera que había entre ambos, Lily levantó las caderas para quitarse el vestido. Todavía no lo había conseguido cuando oyó un ruido. Al principio no lo reconoció, y entonces se dio cuenta. Paró y miró a su alrededor.

¿Qué estaba haciendo?

Tardó solo un instante en pasar de la pasión a la frialdad, al horror. Se sentó en el suelo y se abrazó las rodillas.

–¿Qué ocurre...? –le preguntó Ben, casi sin respiración.

Entonces volvieron a llamar a la puerta. En esa ocasión, él lo oyó también.

Sin mirarlo, Lily se levantó el vestido y se lo ató al cuello. Atravesó la habitación y se detuvo ante la puerta para alisarse el pelo y respirar hondo. La abrió y salió para que la persona que había al otro lado no viese a Ben.

Era el gerente del hotel. Lily dejó de sonreír nada más verlo.

–¿Qué ocurre?

–Nada de qué preocuparse –respondió este–. Su madre ha intentado localizarla. Como sabe, tenemos un problema con la conexión a Internet, así que le ha dejado un mensaje pidiéndole que la llame.

–¿Ahora? –preguntó Lily preocupada.

–Si quiere utilizar mi teléfono, lo tiene a su disposición.

Lily asintió, aturdida.

–Iré a buscar una chaqueta.

El hombre bajó las escaleras mientras ella volvía a entrar en el bungaló. Cerró la puerta y se apoyó en ella con los ojos cerrados.

–¿Qué ocurre? –le preguntó Ben, acercándose a ella con el pecho desnudo.

Lily abrió los ojos y lo miró como si no estuviese viéndolo.

–No lo sé –respondió, apartándose de la puerta–, pero al parecer mi madre ha intentado localizarme y no funcionan los teléfonos móviles ni Internet. Voy a acercarme al hotel para llamarla.

–No te preocupes, seguro que no es nada.

–Por supuesto que es algo, no me trates con condescendencia.

–¿Emily Rose?

Ella asintió.

–Probablemente.

Su hija la necesitaba y ella había estado... Se llevó la mano al estómago al notar que este se le encogía y contuvo las náuseas.

Ben tomó su camisa y se vistió.

–Te acompañaré.

–¡No!

–No puedo dejarte sola.

–Llevo sola tres años –replicó ella.

Aquello le dolió.

–Está bien, si me necesitas, cuenta conmigo.

–Gracias, pero seguro que no es nada. Mamá habrá perdido su juguete favorito y no podrá dormirse sin él.

–Seguro que sí, pero, si no te importa, voy a quedarme aquí hasta que vuelvas.

–No es necesario.

–Lo que no es necesario es que hagas esto sola. Ella levantó la barbilla.

–Estoy acostumbrada.

Ben la vio marcharse, se sintió frustrado y empezó a ir y venir por la habitación. La negativa de Lily a que la acompañase le había dolido más de lo que podía admitir.

Cinco minutos después decidió ir a buscarla.

Se detuvo poco antes de llegar al edificio y decidió esperarla allí. Cuando la vio salir, estaba pálida y tensa. Su rostro lo decía todo.

–Tengo que volver a Inglaterra.

–¿Qué...?

–Han ingresado a Emmy en el hospital.

–¿Qué ha pasado? ¿Se ha caído? ¿Se ha roto algo?

–No. Está enferma. No sé qué tiene. Está enferma y yo tengo que volver a casa, es lo único que sé. Pero hoy es festivo y no hay billetes de avión disponibles hasta el lunes –le explicó–. ¿Tú has venido en tu avión privado?

Vio ira en los ojos de Ben y la malinterpretó.

–No te lo pediría, pero...

Él buscó el teléfono en el bolsillo de su pantalón y marcó un número.

–Dame un minuto –le pidió.

Lily lo vio alejarse unos metros mientras hablaba. La conversación fue breve.

–Te recogeré en una hora. Dile a tu madre que llegaremos más o menos a la hora del desayuno.

Ella suspiró.

–Muchas... –empezó, acercándose a abrazarlo, pero algo en su expresión la detuvo.

–No me des las gracias, Lily, también es mi hija.

Consciente de que lo había ofendido, pero demasiado preocupada para discernir el motivo, asintió y dijo:

–¿Nos vemos en una hora?

Ben la vio tan afectada que la agarró de las manos y la obligó a mirarlo a los ojos.

–Tienes que hacer la maleta y...

No lo estaba escuchando, o no lo estaba oyendo. La llevó de vuelta al bungaló, vació una pequeña botella de coñac en un vaso y se lo dio a beber.

Lily lo aceptó, se lo bebió de un trago y después empezó a hacer la maleta.

Cuando Ben volvió, Lily estaba muy pálida, pero ya no parecía estar en shock.

–Ya lo tengo todo recogido –anunció esta.

–¿Tu madre nos está esperando?

Ella asintió y se acercó a las maletas, que estaban junto a la puerta.

–La han llamado desde el hotel. No tenía que haberle dejado a Emmy.

–¿Vas a estar todo el camino flagelándote? Perdona, era solo una pregunta, haz lo que quieras –se corrigió Ben–. Me he traído unos auriculares por si acaso.

Ella estuvo a punto de esbozar una sonrisa.

–¿Cuánto vamos a tardar?

–Se te va a hacer mucho más largo si no dejas de mirar el reloj.

Ella asintió y se llevó una mano a la boca para contener un sollozo.

–Lo siento.

A él se le encogió el pecho al verla así.

–No tienes que sentirlo –le respondió, sintiéndose mal por haberla comparado con Signe al enterarse de la noticia–. Yo no tengo ni idea, pero, al parecer, los niños pasan de estar enfermos a estar sanos en un momento.

Lily asintió.

Ben, al que siempre le gustaba hablar claro, empezó a darse cuenta de que había ocasiones en las que era mejor no hacerlo.

–Pero supongo que si la han ingresado ha sido por precaución.

Lily volvió a asentir.

–Eso es cierto. Mamá solo llevó a Emmy al médico porque la veía un poco pálida... para asegurarse de que estaba bien... así que es probable que no sea nada, pero tengo que volver con ella.

–Por supuesto.

Lily respiró hondo e intentó tranquilizarse, le

gustó sentir una mano fuerte apoyada en su hombro.

Nunca había volado en un lujoso jet privado y tal vez en otro momento lo habría disfrutado, pero en esa ocasión estaba demasiado tensa y preocupada.

No habría comido nada si Ben no la hubiese amenazado con obligarla.

Y ella fingió sentirse obligada, pero en realidad se sentía conmovida por sus atenciones. Además, tenía que admitir que su presencia la calmaba, le hacía pensar que todo iba a salir bien.

Ben solía dedicarse a trabajar o a dormir cuando volaba, pero en aquel viaje se limitó a observar a Lily. Había tenido miedo de que se viniese abajo, pero ya sabía que no iba a hacerlo. Tal vez estuviese completamente aterrada, pero Lily Gray era una mujer muy fuerte.

Capítulo 5

AL SALIR de la terminal del aeropuerto, Ben la agarró del codo y la llevó hasta el coche que los estaba esperando. Un coche alargado y bajo, con las ventanas tintadas. Ben habló con el conductor y ambos subieron.

–Hasta que no sepa qué ocurre...

–No me quieres ahí.

Lily lo miró con nerviosismo.

–Has sido muy amable conmigo.

Él apretó la mandíbula.

–Habría sido amable si hubiese sido un extraño, pero soy el padre.

Sonaba bien, eso de que era el padre, pero Ben no tenía ni idea de qué significaba en realidad, ni si podría hacerlo bien.

–No pretendía... –empezó ella, apoyando por instinto la mano en la de él.

Ben miró aquella mano y después su rostro. Tragó saliva.

–Eres una buena madre.

Lily parpadeó sorprendida.

–Pero si no estaba aquí... Tenía que haber... Emmy me necesitaba y yo estaba contigo...

Ben se dio cuenta de que se sentía culpable y apoyó un dedo en sus labios.

–Ya estás aquí.

Ella respiró hondo.

–Lo siento.

–Cuando era niño me caí y me fracturé el cráneo –le contó, tocándose la cabeza–. Tuvieron que operarme. Cuando mi madre llegó, una semana después, estaba muy preocupada por si me quedaba alguna cicatriz que me afease. Por suerte, volvió a crecerme el pelo. Tú eres una buena madre.

«Una semana», pensó Lily, diciéndose que, visto así, no era tan mala madre.

–Así que continúa siéndolo y cuenta conmigo cuando me necesites.

Ben se estaba ganando su derecho a que lo llamasen padre.

–No es eso, pero... mamá va a estar ahí, y tú... No es el momento de dar explicaciones, pero tampoco pretendo excluirte.

Hubo un silencio largo y después Ben asintió.

–Tengo que hacer unas llamadas. Le pediré a Martin... –añadió, señalando con la cabeza hacia el conductor–... que dé vueltas a la manzana hasta que termines.

–Quizás tarde mucho –protestó Lily.

Él se encogió de hombros.

–Esperaré.

Lily miró el teléfono que Ben le ofrecía.

–Aquí está mi número.

Lily escuchó al hombre, pero no consiguió hacer que sus palabras tuviesen sentido porque aquello no estaba ocurriendo. Dejó la taza de té, que se había quedado fría, y giró la cabeza para mirar hacia donde Emmy estaba, sentada en la cama. Llevaba puesto su pijama favorito y estaba riendo mientras su abuela fingía buscar el pequeño juguete que la niña tenía escondido en las manos. Era uno de sus juegos favoritos.

«La vida es injusta», le dijo una voz en la cabeza.

–¿Quiere hacerme alguna pregunta?

Lily volvió a mirar al hombre.

–¿Está seguro? ¿Podría ser un error?

–Su hija está muy enferma.

Lily se mordió el labio.

–Pero tenía que haberme dado cuenta –dijo, sintiéndose culpable.

Como madre, su trabajo era proteger a Emmy... y no lo había hecho.

–No es culpa suya.

–Entonces, ¿de quién es? –espetó enfadada.

–De nadie. En esta fase de la enfermedad, es fácil no ver los síntomas incluso para los profesionales. Ha sido una suerte que su médico se haya dado cuenta. El noventa y cinco por cien de los niños a los que se les detecta la enfermedad en esta fase entran en remisión con un trasplante de médula.

Aquello le dio esperanzas.

—Entonces, ¿la cura está en el trasplante de médula?

—No quiero crear falsas esperanzas.

«Demasiado tarde», pensó Lily.

—A pesar de que en los últimos años ha aumentado mucho el número de donantes...

—¿Puedo donarle la mía? —preguntó ella.

—Me temo que no funciona así —le respondió él en tono amable—. No quiero ser negativo, pero lo cierto es que su hija tiene un grupo sanguíneo muy inusual.

Lily cerró los ojos y suspiró.

—Y yo no.

—Ya he hablado del tema de la compatibilidad con su madre. Me ha dicho que el padre de Emmy...

—El padre de Emmy donará también si hace falta.

El doctor sonrió con cautela.

—Habrá que hacerle una prueba —le advirtió.

—Se la hará.

No estaba segura, pero no tenía otra opción.

Después volvió con su madre y le dio una versión azucarada de lo que le había dicho el médico. Hablaron en voz baja porque Emmy se había quedado dormida, con el dedo pulgar en la boca. A Lily se le encogió el corazón al verla. Que alguien tan inocente tuviese que sufrir... no era justo.

Su madre salió de la habitación llorando y ella tuvo que ir detrás.

—Lo siento, hija, sé que es lo último que necesitas. ¿Cómo estás? —preguntó Elizabeth, abrazándola.

—Estoy bien —respondió ella, aunque en realidad se sentía vacía.

—Tengo que marcharme, mamá.

—¿Adónde?

—Luego te lo explicaré, volveré pronto, te lo prometo. Y entonces te irás a casa a dormir —respondió Lily, dándole un beso en la mejilla—. Pareces agotada.

—No te preocupes por mí.

—¿Te he dado ya las gracias por estar ahí... por todo...?

—Creo que no te das cuenta de que lo mismo que tú estás dispuesta a hacer por Emmy lo haría yo por ti. Sigues siendo mi niña.

Lily se alejó por el pasillo con lágrimas en los ojos. Se las limpió con impaciencia y se dijo que había esperanza. Fuera había empezado a llover. En la acera mojada, sacó el teléfono que Ben le había dado y lo llamó.

—Ben, soy Lily, ¿podrías...?

Se interrumpió al ver acercarse una limusina. La ventanilla se bajó y vio a Ben con el teléfono pegado a la oreja.

Lily se echó a reír. En realidad, no había creído que estaría esperándola dando vueltas a la manzana.

–¿Te llevo?

Ella asintió y la puerta se abrió.

–¿Adónde vamos?

Ben la miró y vio cómo una única lágrima corría por su rostro, seguida de otra. Y se sintió como si alguien le hubiese metido la mano en el pecho y le hubiese apretado el corazón.

–¡Oh, nena!

Se acercó a ella, pero Lily retrocedió y alargó una mano para que guardase las distancias.

–No me toques... –le pidió con voz temblorosa.

Él se puso tenso.

–No es por ti, sino por mí... Si me tocas me voy a poner a llorar y no voy a poder parar –gimoteó.

Ben le limpió una lágrima de la mejilla con el dedo pulgar.

–Ya estás llorando.

Lily sollozó y se lanzó a sus brazos. Ben miró la cabeza rojiza que había apretada contra su pecho. Después de unos segundos, la abrazó y dejó que llorase mientras le hacía un gesto al conductor para que siguiese conduciendo.

Avergonzada por haberse venido abajo y por su debilidad, Lily se apartó.

–Debo de tener un aspecto horrible.

–Estás... –empezó Ben–. Bien. Cuéntame.

Se había preparado para lo peor.

–Lo siento, tenía que habértelo contado ya.

Él respiró hondo. Estaba... No... Había cosas para las que uno no se podía preparar.

–Está muy enferma.

Lily hizo un esfuerzo visible por mantener la compostura y Ben deseó volver a abrazarla, pero supo que, dado lo emocionalmente vulnerable que Lily estaba en esos momentos, había gestos que se podían confundir.

Tal vez fuese un cretino, pero al menos era honesto. Nunca había dado faltas esperanzas a una mujer en toda su vida.

–Está muy enferma, es... su sangre. El médico me lo ha explicado, pero el caso es que lo mejor sería un trasplante de médula.

Había esperanza. A Ben le surgieron muchas dudas, pero no hizo preguntas, contuvo su impaciencia y en su lugar la animó.

–Eso es bueno.

La expresión de Lily lo avisó de que había algo más.

–Emmy tiene un tipo de sangre muy raro y las posibilidades de encontrar un donante compatible son muy pocas. Su principal... su única esperanza en realidad es que haya un familiar cuya sangre sea compatible. La mía no lo es...

–Pero la mía sí –contestó Ben al instante.

Lily asintió.

–Es probable. No sé mucho de esas cosas, pero supongo que si no tiene mi grupo sanguíneo, tendrá el tuyo. Aunque no lo sabrán hasta que te hagan unas pruebas, pero... le he dicho que te las vas a hacer.

Lily notó la presión de los dedos de Ben en su brazo, no se había dado cuenta hasta entonces de que la estaba agarrando.

Levantó la vista a sus ojos preguntándose cuál sería la respuesta de Ben y añadió:

–Tenía que habértelo preguntado primero...

Él negó lentamente con la cabeza.

–No, no tenías que hacerlo. Tú harías cualquier cosa por Emmy, ¿verdad?

–Por supuesto, soy su madre.

–Pues yo soy su padre. Así que también haría cualquier cosa por ella.

«Cualquier cosa», de repente, se sintió aliviado.

–El hecho de que pueda hacer algo... –le dijo en tono confiado–. Lo que sea...

Se pasó la mano por el pelo oscuro y brillante y decidió ser práctico.

–Lo haré... ¿Cuándo...? ¿Cómo...?

–El médico ha dicho que te recibirá mañana por la mañana. Es un procedimiento relativamente sencillo. Lo hacen en un momento, aunque puede ser un poco incómodo –le advirtió.

–¿No me crees capaz de sufrir un poco por nuestra hija?

–Lo siento, supongo que sí –admitió Lily–. Estoy un poco celosa. Ojalá pudiese ayudarla yo. Aunque sé que es una tontería, lo importante es que se cure.

Cerró los ojos y añadió:

–Y ni siquiera estaba aquí. Ojalá no me hubiese ido de vacaciones.

—Emmy seguiría estando enferma.

Lily abrió los ojos y asintió.

—Ya lo sé. No puedo dejar de pensar en cómo me sentí cuando me enteré de que estaba embarazada.

—¿Tuviste miedo?

—Me pasé semanas sin querer aceptarlo. No dejaba de decirme, como una tonta, que no era posible que me hubiese ocurrido la primera vez, pero por supuesto que era posible.

Lo dijo sin darse cuenta y vio cómo Ben ponía gesto de sorpresa, e incredulidad.

—¿La primera vez? —repitió.

—Da igual —dijo ella, intentando quitarle importancia.

—Dios mío, es verdad... eras virgen, ¿verdad? ¡Fui el primero!

—Y el único... —admitió Lily sin pensarlo—. He estado muy ocupada desde entonces.

Ben cerró los ojos y apretó la mandíbula.

—No te creo —dijo, pasándose la mano por el pelo y volviendo a abrirlos—. ¿Virgen? ¿Por qué no me dijiste nada? ¿Por qué yo?

—Pensé que te darías cuenta y, por si no lo sabías, eres muy guapo —respondió Lily, intentando aligerar el ambiente.

Pero Ben no sonrió. Y Lily pensó que si se ponía así de serio con eso, no quería saber qué habría dicho si hubiese sabido toda la verdad.

–Tampoco hay que darle importancia –añadió–. No me arrepiento. Emmy es lo más maravilloso que me ha pasado en la vida. Ha sido un bebé precioso y ahora... ahora lo único que importa es que se recupere.

Antes de que a Ben le diese tiempo a responder, el teléfono que había en el bolsillo de Lily vibró. Era su propio teléfono, no el que él le había dado.

Lily metió la mano temblorosa en el bolso y miró la pantalla, poniéndose tensa al instante.

–Lo siento, es del hospital. Tengo que contestar –le dijo, girándose hacia la ventanilla antes de descolgar–. Sí, soy Lily Gray.

Escuchó lo que le decían desde el otro lado de la línea y suspiró aliviada:

–Eso es estupendo, muchas gracias, muchas gracias.

Se volvió a girar, sonriendo, y respondió a su ceja arqueada sacudiendo la cabeza.

–Lo siento, es una buena noticia. Era el hospital, al parecer, hay un donante compatible en la base de datos. Están intentando ponerse en contacto con él, así que es posible que tú no tengas que hacer nada.

Frunció el ceño. Ben no la estaba escuchando. Tenía la vista clavada en su propio teléfono.

–Al parecer es alguien que vive aquí, en Inglaterra. Me habían advertido que era muy difícil encontrar a alguien compatible. Si accede...

Ben se metió el teléfono otra vez en el bolsillo.

–Ya se han puesto en contacto con él y está de acuerdo.

Ella lo miró sin entender y él le dijo:

–Acaban de avisarme.

–¿Eres donante de médula?

–Desde hace un par de años. La mujer de un amigo también necesitaba un trasplante, así que me hicieron las pruebas.

–¿Ella lo consiguió?

–Sí.

A Lily se le encogió el estómago al ver su expresión. Emily iba a ponerse bien. Se pondría bien.

–Pero no sobrevivió, ¿verdad? –preguntó con nerviosismo–. Puedes contármelo, ya lo sé.

Luego suspiró e intentó calmarse.

–No me voy a venir abajo.

No podía hacerlo. Emmy la necesitaba y su madre también.

Él la miró fijamente y sintió una ternura que prefirió no analizar.

–Va a ponerse bien, Lily.

Ella asintió, pero no pudo mirarlo a los ojos. Le agradeció que le dijese lo que necesitaba oír, pero no podía creerlo.

–¿Qué crees que va a pensar de mí?

Lily tardó un momento en entender la pregunta. Tal vez no asociase las palabras inseguridad y miedo a un hombre como Ben, tan seguro de sí mismo y dominante.

Se le encogió el corazón.

–Tiene dos años... Quiere a todo el mundo.

La sonrisa de Ben fue tensa, sabía que el amor había que ganárselo.

–Si lo hago mal, dímelo.

–No hay manual de instrucciones, solo hay que lanzarse. Yo llevo dos años haciéndolo.

Aunque si los genes tenían algo que ver con aquello, Emmy lo adoraría, lo mismo que su madre.

Capítulo 6

TRAS un momento de timidez, Lily separó sus dedos de los de Ben. No recordaba cuándo los habían unido.

—¿Te importaría volver a dejarme en el hospital? Voy a pasar la noche con Emmy. Mamá necesita dormir.

Ben pensó que ella también necesitaba descansar, pero supo que nada la haría cambiar de opinión, así que no se lo dije.

—Mañana iré a ver al doctor...

—Sheridan —le dijo ella—. Es agradable.

—No quiero que sea agradable, sino excelente.

—Yo creo que es ambas cosas —respondió Lily, desabrochándose el cinturón.

—Ojalá.

—La cita es a las nueve. Al parecer, no va a llevar mucho tiempo. ¿Te parece si quedamos en la planta sobre las diez? Te presentaré a Emmy. No sabes lo agradecida que estoy...

Él arqueó una ceja.

—Pero...

Ella sacudió la cabeza.

–Yo opino que lo mejor es que no le digamos ya que eres su padre –admitió Lily.

–¿Mejor para quién? –le preguntó él en tono sarcástico.

Ella no reaccionó.

–Emmy está confundida, no está en su casa... Tal vez sería mejor contárselo después, cuando se encuentre mejor.

Rompió el contacto visual con Ben y mientras abría la puerta balbució:

–Gracias.

Él estaba a punto de estallar. Observó cómo subía las escaleras del hospital. Era evidente que Lily le había querido hacer saber que la puerta estaba abierta, y era probable que tuviese la esperanza de que entrase.

Le hizo un gesto al conductor, que volvió a arrancar. Antes de alejarse, Ben vio cómo Lily ponía los hombros rectos frente a la puerta. Un pequeño gesto, pero muy revelador, que revelaba una fragilidad interna que Ben habría preferido no conocer. Luego desapareció, pero su imagen, haciendo acopio de valor, lo acompañó.

Lily estaba al otro lado de la puerta cuando hicieron pasar a Ben. Su llegada tuvo el efecto de una suave corriente eléctrica en su cuerpo cansado.

Iba vestido con una cazadora de piel negra, una

camiseta ajustada y pantalones vaqueros negros que enfatizaban sus largas piernas.

Su aspecto era peligroso y muy sexy, aunque sin perder el aire de autoridad. Sin girar la cabeza, Lily supo que la joven enfermera que acababa de llegar también estaba disfrutando de las vistas.

—Aquí estás —le dijo, sin saber por qué.

Se miraron a los ojos, pero lo único que había en el rostro de Ben era tensión.

—Al parecer, por ahora todo va bien. La extracción será esta tarde.

La sonrisa que iluminó el rostro de Lily lo incomodó.

—No es más que el principio —le advirtió, y vio temblar la sonrisa.

Deseó poder decirle algo que volviese a animarla, pero tenían que ser realistas.

El médico que había tratado a su padre le había prometido que le darían el alta el fin de semana, pero Jack Warrender no había llegado al fin de semana y había fallecido de una meningitis no diagnosticada con su hijo adolescente al pie de la cama. Su esposa, por su parte, había estado fuera de la habitación, haciendo una llamada muy importante.

Cuando había vuelto a entrar, la única emoción que había cruzado su rostro había sido la de malestar.

—Eres demasiado mayor para llorar, Ben. Sé un hombre... Por cierto, ¿has visto mis guantes?

Hasta aquel día, Ben siempre había pensado que su madre los quería a pesar de haber antepuesto su carrera a todo lo demás. Aquella idea había muerto el mismo día que su padre.

–¿Te ha dicho algo? –le había preguntado su madre en el funeral–. ¿Antes de morir?

–No –había mentido él, recordando las palabras de su padre:

–El matrimonio es una cárcel, chico. Una cárcel. No te cases.

Era el único consejo que le había dado su padre.

Lily cerró los ojos un instante y suspiró aliviada.

–Bien.

Tuvo que volver a abrirlos y seguir la dirección de su mirada para darse cuenta de que estaba retorciéndose las manos del nerviosismo.

Se las llevó a la espalda, avergonzada, mientras él miraba a la enfermera que, muy sonriente, le explicaba que tenía que lavarse las manos y toda la rutina que tenía que seguir.

–Y si necesita algo –añadió, tocándose el cartel que llevaba en la solapa del vestido y sonriendo todavía más–. Estaré aquí hasta la una y media.

Fueron juntos hasta la habitación de Emmy, en silencio, cada uno sumido en sus pensamientos.

–Aquí es –anunció Lily, deteniéndose ante la puerta de la habitación de su hija y girándose a mirarlo.

A pesar de la tensión del momento, no pudo evitar sentir atracción.

–¿Estás preparado?

Ben la miró muy serio, no respondió.

–Puedes cambiar de opinión si quieres –le dijo ella, intentando hablar con calma y disponiéndose a cerrar la puerta que ya había empezado a abrir.

Ben alargó el brazo y puso la mano encima de la suya.

–Estoy preparado.

Ella deseó dejar la mano allí, pero la apartó. Luego se asomó para mirar dentro de la habitación y asintió. Elizabeth, que estaba sentada junto a la cama, se puso en pie.

Lily cruzó los dedos para que su madre no atacase verbalmente a Ben, cosa que estaba haciendo con frecuencia en los últimos tiempos. Todavía no había tenido tiempo de hacerse a la idea de que Ben era el padre de su nieta.

Lily no había sabido cómo darle la noticia, así que lo había hecho de repente.

–El padre de Emmy es compatible. Y es Ben... Ben Warrender.

Después de los primeros segundos de sorpresa, su madre se había mostrado enfadada y le había hecho muchas preguntas.

No había entendido que no le hubiese contado a Ben que estaba embarazada, ni que no le hubiese hablado del padre de su hija a nadie, ni siquiera a Lara. Y Lily le había contestado que lo importante era que Ben estuviese dispuesto a donar.

La actitud beligerante de su madre la entristecía.

Por un segundo, Ben pensó que Lily iba a cerrar la puerta y no lo iba a dejar entrar, pero entonces vio que se ponía recta y lo dejaba pasar.

Antes de que pudiese hacerlo salió Elizabeth, que siempre había sido amable y cariñosa con él en el pasado, pero que en ese momento la miró con indignación.

Oyó que Lily le pedía algo en voz baja, pero no lo escuchó. Estaba concentrado en el siguiente paso.

Respiró hondo y entró en la habitación.

Tuvo que meterse las manos en los bolsillos para que no se notase que le temblaban. Estaba sudando. Aquello era lo más difícil que había hecho en toda su vida.

—Está dormida.

Ben no reaccionó al oír aquella información innecesaria.

La niña le pareció más grande que cuando la había visto en Warren Court, aunque, en realidad, todavía era un bebé. La cama era muy pequeña y tenía la sábana subida hasta la barbilla, agarrada con una mano. Había surcos en su rostro, como si hubiese estado llorando.

Notó que se le encogía el pecho de la emoción. Le había preocupado ser incapaz de amar, pero se había equivocado. Habría dado su vida por aquel ángel.

Se inclinó y le tocó la mejilla, y Lily se emocionó. Reconoció la desolación, el dolor, las dudas... lo reconoció todo.

Y entonces vio lágrimas en sus ojos y quiso pedirle perdón, pero se dijo que no merecía la pena, en caso contrario, ella jamás lo habría perdonado.

–Estaré fuera –susurró, girando la cabeza para que Ben no se diese cuenta de que estaba llorando.

Varios minutos después, Ben salió de la habitación. Estaba ojeroso, pero parecía controlar la situación.

Lily lo miró a los ojos y se le encogió el estómago del deseo.

–Es una niña preciosa.

–Sí.

–¿Sabes si va a dormir mucho rato?

Lily asintió.

–Ha pasado mala noche, así que le han dado algo. La última vez durmió como un tronco.

–Entonces, ¿tú también has pasado mala noche?

Estaba pálida y tenía ojeras también, y aunque seguía siendo la criatura más bella que Ben había visto, había en ella una vulnerabilidad capaz de despertar el instinto protector en cualquier hombre.

No solo en él.

–¿Quieres tomar un café? –le preguntó Lily–. Hay una máquina en la sala de espera, aquí al lado.

Ben asintió.

La pequeña sala de espera estaba vacía. Lily se acercó a la máquina mientras Ben se sentaba y estiraba las piernas.

Tenía la mirada clavada en ella cuando volvió con los cafés.

—Solo. Creo que es café, pero no estoy segura —le dijo, esbozando una sonrisa.

Él miró el vaso de papel antes de darle un sorbo y hacer una mueca, pero no dijo nada.

—Siento que mamá esté así, todavía no lo ha asimilado.

—Es normal.

—Hice lo que pensé que era lo correcto —se defendió ella a pesar de sentirse culpable—. Y ya no hay marcha atrás.

—Deberíamos hablar —contestó él—. Los abogados han preparado un borrador del fondo fiduciario.

Hizo una mueca y asintió.

—Eso ha sonado fatal, ponerme a hablar de dinero cuando...

—¡No! —lo interrumpió ella—. Estás hablando del futuro de Emmy... crees en él.

Sonrió agradecida y a Ben se le encogió el pecho.

—Tal vez esto pueda esperar a otro momento.

Lily asintió.

—Mamá va a ir a casa a buscar algunas cosas. Todo ha ocurrido tan deprisa, que lleva dos días con la misma ropa. Y Emmy se ha dejado a Timmy, su osito de peluche –le explicó–. Debería ir a darle el relevo.

En ese momento entró una pareja a la que Lily ya había visto antes. La mujer iba llorando en el hombro de su marido, que estaba muy serio.

Lily sintió tal miedo que se le cayó el café. Se puso en pie y vio que tenía el vaso vacío en la mano.

–Ven –le dijo Ben, sacándola de allí.

Al pasar junto al otro hombre, sus miradas se cruzaron. El nivel de entendimiento le sorprendió... era posible que perdiese a una hija que ni siquiera había sabido que tenía.

Lily miró el pañuelo que le ofrecía y negó con la cabeza, decidida a no venirse abajo.

–Estoy bien –dijo, a pesar de que estaba temblando–. No voy a llorar.

–Tal vez deberías hacerlo –la contradijo Ben, que en esos momentos sentía que quería protegerla y también deseo–. No hay nada malo en ello. Estás muy estresada.

Ella levantó la barbilla, como enfadada.

–Mi hija, mi preciosa hija, que nunca le ha hecho mal a nadie, está luchando por su vida. ¿Que estoy estresada? Sí, supongo que sí.

Respiró con dificultad y se llevó una mano a la boca.

–Lo siento. Lo siento... No es culpa tuya.

Y apretó los dientes para no sollozar.

Ben había retrocedido ligeramente, pero cuando vio la primera lágrima, se ablandó.

–No es culpa de nadie, Lily.

Apoyó una mano en su hombro y la vio apoyar el rostro en su pecho.

–Tenía que haberme dado cuenta –sollozó ella.

Y un momento después se ponía recta y se limpiaba la cara de lágrimas.

–Lo siento mucho. Sé que no quieres oír esto.

–También es mi hija –respondió él, pasándose la mano por el pelo–. Este lugar... No me gustan los hospitales. Me vendría bien un poco de aire fresco. Y a ti también.

Lily estaba tan pálida que casi parecía un fantasma. Salvo que los fantasmas no tenían el pelo rojo como el fuego. Ben estudió su melena y sintió calor en el vientre, era deseo mezclado con una ternura inexplicable... Lily parecía tan frágil...

Ben no podía explicarlo. Tenía claro que no era ningún caballero andante, pero tal vez una parte de él estuviese programada para responder ante aquella vulnerabilidad.

Después de dos días sin mirarse a un espejo, Lily se dio cuenta de repente de que su aspecto debía de ser horrible. Y, para rematarlo, se había manchado de café.

–Tengo que volver...

–Cinco minutos.

No esperó a que respondiera, apoyó una mano en su espalda y echó a andar. Lily no tuvo fuerzas para resistirse y pensó que tal vez le vendría bien un poco de aire fresco.

Sin saber cómo, Ben la guio hasta el exterior. Allí, Lily cerró los ojos y respiró hondo varias veces. Se quedó así, como si estuviese en trance, hasta que la sirena de una ambulancia la sobresaltó. Estaban en el aparcamiento de visitantes que, en esos momentos, estaba casi vacío, pero pronto empezaría a llenarse.

Miró hacia el edificio del hospital.

—Tengo que volver.

—Deberías meterte en la cama, pero sé que no vas a hacerlo —le dijo, intentando no enfadarse.

Una parte de él había querido encontrar defectos en ella, pero no los tenía, era una madre completamente entregada.

Lily esbozó una sonrisa y levantó el rostro hacia él.

—Ya tendré tiempo de dormir después... —se interrumpió—. Va a ponerse bien, ¿verdad?

Sacudió la cabeza y susurró:

—Perdóname.

—¿Por qué?

—Por pedirte que me digas que se va a poner bien —le explicó—. No lo sabes. Ni yo tampoco... Tendremos que confiar en los médicos y en la ciencia, y tener suerte.

—Y no te olvides del espíritu luchador de los niños.

—Ojalá pudiese cambiarle el sitio.

—Lo sé.

Lily estuvo a punto de apoyarse en él, pero no lo hizo.

—Debería volver...

—¿Dónde te quedas?

—¿Qué?

—Que dónde te alojas.

—Ah, me han recomendado una casa de huéspedes muy agradable y cerca del hospital –respondió Lily–. Se ha ocupado mamá. Va a dejar allí mis cosas de camino a casa, creo.

Ben apretó los labios.

—No me parece lo ideal.

—¡La situación no lo es! –contestó ella en tono amargo–. Lo siento. Hay un edificio para padres y familias, pero está lleno. Y yo prefiero dormir en una silla, al lado de Emmy, por si acaso...

Tragó saliva, había sentido un miedo imposible de ignorar.

Él contuvo el impulso de reconfortarla.

—Lo entiendo.

Lily suspiró.

—Va a ponerse bien. Estoy segura. Pero ver a esa pareja... ayer estaban felices...

Sacudió la cabeza, intentando deshacerse de la imagen.

—Me ha venido bien el aire fresco –añadió.

—Yo odio los hospitales.

—¿Por tu accidente?

Él la miró confundido y Lily se llevó la mano a la cabeza.

–Ah, eso –dijo, encogiéndose de hombros–. A nadie le gustan los hospitales.

De repente, Lily se sintió enfadada al recordar lo que Ben le había contado de su madre.

–No lo entiendo... ¿Cómo pudo...?

Él sacudió la cabeza.

–Era tu madre –insistió ella–. ¿Cómo pudo dejarte solo? ¿Y tu padre, estaba contigo?

–Mi padre estaba en medio de un proyecto o negocio, o tal vez ambas cosas. Era muy polivalente. En cualquier caso, tuve la mejor atención sanitaria que se podía comprar con dinero.

La comprensión de Lily estaba empezando a hacer que se sintiese incómodo.

–Esta es la parte en la que suelo sacar los violines –añadió en tono de broma, fingiendo que tocaba un violín.

–A mí no me parece gracioso.

–Mi abuelo sí que vino al hospital –le aseguró Ben, intentando calmar su indignación.

–¿Y fue entonces cuando te mandaron a vivir con él?

Ben negó con la cabeza, exasperado por su persistencia.

–No, eso fue un par de años más tarde. Y fue una decisión que tomé yo.

–¿Y eso?

–Hice las maletas y les dije que me marchaba, ni más ni menos.

Ella abrió muchos los ojos color esmeralda, sorprendida.

—¿Y te lo permitieron?

—No les pedí permiso y supongo que, en el fondo, se sintieron aliviados. Así fue como me sentí yo cuando mi abuelo me dejó que me quedase con él.

—¿Se lo has dicho ya a tu abuelo, lo de Emmy?

La expresión de Ben le indicó que no.

—Llamaré a mamá para advertirle que ella tampoco se lo diga. Es una noticia que no te puede dar un extraño. Es un hombre mayor.

—Mayor y muy testarudo —respondió Ben.

—Sí, pero, a su edad, puede tardar mucho tiempo en recuperarse de algo tan normal como una gripe.

—¿Ha tenido gripe?

—¿No lo sabías?

Ben apretó los dientes.

—La semana pasada discutimos. Yo no había estado en casa... bueno, desde la última vez. El caso es que me echó de allí.

—Ya había imaginado que os habíais peleado...

Ben abrió la boca para decirle que no era asunto suyo, pero, en su lugar, le dio una explicación.

—No quiere que renueve la finca. Me acusa de ser insensible y avaricioso.

Aquel comentario le había dolido porque Ben estaba seguro de que su abuelo sabía, aunque él no se lo hubiese contado, que en varias ocasiones se había gastado dinero en la finca. Por ejemplo, en cambiar las viejas máquinas del aserradero.

–Para él, planificar consiste en vender un cuadro o un trozo de terreno para saldar deudas.

Lily pensó que los comprendía a los dos.

–Supongo que, para alguien como tu abuelo, es duro ceder el control... –comentó–. Todo el mundo necesita sentirse útil.

–¡Es imposible hablar con él! –protestó Ben–, pero le contaré lo de Emily Rose.

–¿Cuándo?

–El fin de semana que viene –decidió, calculando el tiempo que se tardaba en llegar a la finca en helicóptero–. La próxima vez que Elizabeth quiera ir a Warren Court, avísame. Podéis utilizar el helicóptero. Está a su disposición siempre que quiera.

A Lily le sorprendió el generoso ofrecimiento.

–Y a tu disposición también, por supuesto.

Ella, que no tenía planes de ir a ninguna parte, asintió y después frunció el ceño al ver que Ben se quitaba la cazadora de cuero.

–¿Qué estás haciendo?

Lo vio quitarse también el jersey de cachemira que llevaba puesto y quedarse con el pecho desnudo. Por suerte, no había nadie más en el aparcamiento.

–Venga, date prisa, tengo frío –le dijo él con impaciencia.

Lily no lo entendió.

–¿O es que quieres quedarte todo el día con esa mancha de café?

Lily siguió la dirección de su mirada y se dio cuenta de que llevaba sobre todo la parte de arriba muy sucia. Y entonces entendió que Ben le estaba ofreciendo su jersey.

—Gracias, pero no puedo...

—Venga, que no tiene truco.

—¡Lo necesitas tú! —le dijo Lily, sacudiendo la cabeza y desesperada por encontrar una excusa para no ponerse la prenda, todavía caliente de su piel.

—Tengo una cazadora. Tal vez el color no sea el que más te favorece, Lily, pero me parece una solución práctica.

Ella suspiró y cedió a regañadientes.

—¿Qué habías dicho de tu abuelo? ¿Que hay que hacer siempre lo que él dice?

Ben la miró sorprendido y Lily le dio la espalda para quitarse su camiseta, que estaba mojada, y ponerse el jersey de él.

Olía a perfume caro o tal vez a jabón, y a Lily se le encogió el estómago. Se reprendió, ¿qué clase de madre era? ¿Cómo podía pensar en sexo en un momento así?

Cuando volvió a girarse Ben se estaba abrochando la cazadora.

—Te sienta mejor a ti que a mí —comentó.

Lily sabía que no era verdad. A él le quedaba perfecto y a ella, demasiado grande, pero el comentario la puso nerviosa. Sin decir nada, Ben se acercó y le enrolló una manga, y después la otra, hasta el codo. Lily lo tenía tan cerca que hasta podía oler su champú.

Contuvo el impulso de inclinarse hacia él. Tenían una hija en común, pero no eran pareja. No podía olvidarlo, así que dio un paso atrás.

–Gracias.

Y sin más se marchó. Ben recogió la camiseta que había dejado tirada en el suelo y antes de lanzarla a una papelera se la llevó al rostro para olerla.

Debía tener cuidado. Lily era una mujer vulnerable, además de ser la criatura más sensual y bella que conocía.

Le habría sido fácil olvidar que la cercanía que estaban teniendo era solo temporal y, no obstante, era lo más cerca que había estado nunca de una mujer.

¿Qué significaba eso?

Que había tenido el sentido común suficiente para mantenerse alejado de las mujeres y de las relaciones.

Aunque no podía hacer lo mismo con su hija.

Capítulo 7

BEN odiaba aquella habitación, que era como una caja blanca. Odiaba los hospitales, odiaba tener que confiar en la medicina, odiaba sentirse indefenso e inútil... Se puso en pie e hizo chirriar la silla contra el suelo.

Emmy seguía durmiendo, pero cambió de postura, lo mismo que Lily, que estaba en una silla. Ben fue hasta la puerta y, con cuidado, la cerró tras de él. Cuando se dio la vuelta tenía a Elizabeth Gray justo delante, observándolo.

La actitud de esta había cambiado desde que Ben había hecho la donación, pero seguía tratándolo con frialdad.

Y él la comprendía.

—Están durmiendo. Yo iba a tomar un poco de aire.

—Lily ha comentado que le recordabas a un tigre enjaulado.

—¿Sí? La verdad es que no me gustan los hospitales. ¿Le traigo algo? ¿Un café?

Ella negó con la cabeza y Ben iba a marcharse cuando Elizabeth le dijo:

–¿Puedo preguntarte algo por lo que siempre he sentido curiosidad?

–Por supuesto, aunque no puedo garantizarle que vaya a contestar.

–Tus padres tuvieron lo que cualquiera llamaría un matrimonio infeliz.

–Por llamarlo de alguna manera, sí, para algunos podría considerarse un infierno.

–Y yo siempre me pregunté por qué seguían juntos. ¿No eran religiosos ni...?

Ben se echó a reír. Era una pregunta que él también se había hecho en más de una ocasión.

–Sinceramente, no tengo ni idea. Ambos se amenazaron con el divorcio durante años, pero ninguno de los dos dio el paso. Tal vez, en cierto modo, su matrimonio funcionase... O tal vez ambos eran demasiado tercos como para admitir que habían cometido un error.

Elizabeth asintió.

–Algunas personas no deberían estar juntas.

–El matrimonio es un salto al vacío –comentó él en tono cínico.

–¿No te parece que es algo parecido a tus inversiones? –le preguntó ella en tono de broma.

–¿Está intentando decirme algo, señora Gray?

–Llámame Elizabeth.

–Es fácil correr riesgos cuando lo que hay en juego es dinero, Elizabeth.

–¿Sabes una cosa? Me voy a tomar ese café, Ben.

Corrió hacia el ascensor, maldiciendo en silencio al agente inmobiliario que lo había entretenido. Se miró el reloj, ¿habría pasado ya el médico?

Se cruzó con una pareja a la que conocía y la saludó antes de seguir andando. Se sintió aliviado al verlos. Era curioso, pero uno enseguida sabía si a alguien le habían dado una mala noticia, solo por su lenguaje corporal.

Antes de llegar a la habitación de Emmy siguió a rajatabla las normas higiénicas que protegían a la niña de cualquier infección. Se puso el traje y estuvo a punto de chocar con las dos personas que había fuera de la habitación.

El corazón se le detuvo al ver a Lily, ajena a su presencia, llorando desconsoladamente sobre el hombro de su madre.

Llevaba varias semanas sin separarse del lado de su hija y manteniendo una actitud positiva.

No obstante, los médicos les habían advertido desde el principio que la compatibilidad no garantizaba el éxito. Habían hablado de los múltiples factores que había en juego.

Ben había intentado no pensar en cómo reaccionaría Lily si ocurría lo peor... pero ya lo sabía. Sus sollozos lo desgarraron por dentro.

Hacía tres semanas que sabía que era padre y

que había empezado a descubrir emociones que, hasta entonces, ni siquiera había sabido que existían.

Había tenido la esperanza de poder aprender a querer a su hija, y se había dado cuenta de que no había nada que aprender, que era algo que estaba tan genéticamente programado como respirar.

Llevaba dos semanas yendo a ver a Emmy todos los días. Había sentido desesperación e ira al verla sufrir, y se había sentido incapaz de hacer nada para ayudarla.

Lily sonrió, pero su mirada era muy triste. Y él se preguntó sorprendido cuándo había empezado a pensar en Lily y en Emmy como en su familia.

El caso era que había querido comprar una casa y acababa de hacerlo, pero la sensación de satisfacción se había evaporado nada más ver las lágrimas de Lily. Se había quedado completamente paralizado por las emociones que había en su interior.

Lily se apartó de su madre y vio a Ben, que acababa de pasarse una mano por el pelo, que llevaba más largo desde las últimas semanas. Debajo del traje blanco del hospital llevaba una de las corbatas de colores que se ponía todos los días.

Ben alargó las manos y le dijo:

–Lo siento.

Y así como otros días Lily se negaba a apoyarse en él, en aquella ocasión se lanzó a sus brazos.

Él la abrazó y le acarició el pelo.

–Lo siento... lo siento... –repitió.

Ella tardó unos segundos en asimilar sus palabras, se apartó y lo miró a los ojos.

–No... no... Lloro de felicidad –le dijo, llevándose las manos al rostro.

–¿De felicidad?

Y a Lily le brillaron los ojos.

–Ya está. Emmy se va a poner bien, el trasplante ha funcionado. Los últimos resultados habían sido... positivos, pero los de hoy son concluyentes. Va a recuperarse.

Ben se quedó inmóvil, mirándola.

Lily tomó una de sus manos y le dio un beso en la palma. Luego se echó a reír y se giró hacia su madre para abrazarla. Después volvió a mirar a Ben.

–Ha funcionado, Ben, ha funcionado –le dijo emocionada.

Ben la vio llorar y se sintió aturdido. Supo que no había marcha atrás. Y sintió miedo.

Lily estaba riendo y llorando, le estaba apretando una mano. Él intentó responder, mostrarse feliz.

–Pensé...

–Lo siento –dijo ella, respirando hondo–. Tengo que darte las gracias. Si no fuese por ti, tal vez Emmy ya no estaría aquí. Has sido muy amable incluso cuando yo... Jamás olvidaré lo que has hecho.

Ben apartó la mano, de repente, se sentía molesto.

–No quiero tu gratitud, no lo he hecho por eso.

Si Lily le hubiese preguntado qué era lo que quería, no habría sabido qué responderle, pero no se lo preguntó, se limitó a mirarlo, sorprendida por su reacción. Así que fue él mismo quién se preguntó qué quería.

La respuesta lo asombró.

Lily le tocó el brazo con cuidado.

–¿Estás bien? –le preguntó, o quiso preguntarle.

Porque de repente se le doblaron las rodillas y notó que se caía.

Ben dio un paso al frente y la agarró antes de que se cayese al suelo.

–Un médico. ¿Puede venir un médico? –llamó, mirando a la mujer pálida que tenía en brazos y sintiendo emociones que llevaba semanas intentando bloquear.

–¿Respira? –preguntó Elizabeth alarmada–. No respira.

–Sí, sí que respira –le aseguró él–. Solo se ha desmayado. Probablemente, de agotamiento.

–Sabía que iba a ocurrir, lo sabía –dijo Elizabeth preocupada–. No te imaginas lo testaruda que es. No acepta ayuda, nunca quiere molestar... ¿Molestar? Es mi niña. Quiero ayudarla, necesito ayudarla.

«Necesito ayudarla», aquellas palabras resonaron en la mente de Ben. Eran palabras que todavía no era capaz de decir. Después de haber hecho lo que le habían pedido, podía haberse marchado. Sabía que era lo que Lily había esperado de él. Era posible que hubiese preferido que se marchase.

Apretó la mandíbula y la miró, deseó protegerla. Lo que sentía era algo primitivo e ilógico.

Era amor.

Era verdad lo que decían. El amor daba la libertad. En aquel caso, él mismo se había encerrado en una prisión.

—Se va a poner bien, Elizabeth —le dijo a la madre de Lily, que no dejaba de gritar para pedir ayuda.

Aliviado, vio cómo por fin llegaban una enfermera y un médico y, a regañadientes, colocó a Lily en la camilla que acababa de llegar.

De niña, siempre había visto con escepticismo aquellas escenas de las películas en las que la heroína se llevaba una mano a la cabeza y decía con voz temblorosa:

—¿Dónde estoy?

Pero abrió los ojos y balbució:

—¿Me he desmayado?

Y sintió simpatía por aquellas heroínas.

—Sí.

Sorprendida, siguió la dirección de la voz y vio a Ben, que estaba junto a su cama, muy serio.

—Al menos, lo he hecho en el lugar adecuado —dijo, intentando incorporarse, pero una mano grande se lo impidió—. ¿Me dejas? Quiero...

—Tienes que quedarte así y sentarte poco a poco.

Después tendrás que beberte la horrible taza de té que te ha preparado la enfermera. Mientras tanto, yo iré a asegurarle a tu madre que estás bien. Luego te llevaré a casa y dormirás.

—Estoy...

—¿Bien?

—Sí —dijo ella, mirando la mano de Ben, que seguía en medio de su pecho—, aunque dejaré de estarlo si no puedo respirar.

Él apartó la mano, pero a Lily siguió costándole respirar. Cerró los ojos y aspiró el olor de su piel.

—¿Puedo levantarme ya?

Sin ayuda, porque en las últimas semanas se había apoyado mucho en él. Durante ese tiempo, solo había pensado en que su hija se pusiese bien. Ni siquiera se había preguntado qué ocurriría después, cuando Emmy estuviese fuera de peligro.

—Despacio.

Obedeció, puso las piernas lentamente a un lado de la cama. Estaban en un espacio pequeño, rodeados de cortinas, en una habitación llena de camas vacías.

—¿Estás bien?

Lily bajó la mano que se había llevado a la cabeza.

—Sí —mintió, conteniendo las náuseas.

—Bébete el té.

—¿Es una orden? —inquirió ella, a pesar de tener sed.

–No mates al mensajero –comentó Ben en tono irónico.

Y ella lo miró a los ojos y se dio cuenta de que había preocupación en ellos. En las últimas semanas casi no se había parado a pensar en cómo debía de sentirse Ben.

–Tu estoicismo es admirable, hasta cierto punto –continuó él–, porque después se vuelve bastante molesta. Sé que no vas a darme la razón en nada de lo que diga, y que has decidido que mi opinión no cuente, pero nada de esto ha sido idea mía. Son órdenes del médico. Emily Rose está durmiendo. Y tú no vas a serle de mucha utilidad si tienen que ingresarte también.

–De acuerdo.

A él le sorprendió que cediese tan pronto.

–Sé que tengo que dormir, pero no podía desconectar. Creo que se me ha olvidado cómo hacerlo.

Bostezó y se desperezó, y Ben la observó y se le ocurrieron varias maneras de hacerla desconectar...

Lily bajó los brazos y él solo pudo pensar en recorrer su vientre a besos.

–Además, no podía permitir que Emmy despertase y se encontrase sola.

Ben se sintió como un cerdo por no poder pensar en otra cosa que no fuese quitarle la ropa.

–No va a estar sola cuando despierte –le dijo, notando calor en las mejillas–. Está tu madre, y las enfermeras, a las que tiene completamente enamoradas.

Lily sonrió y volvió a bostezar, se llevó la mano a la boca.

–Es encantadora, ¿verdad? –le dijo, orgullosa–. Tienes razón.

–Y no pasa nada por dármela, ¿verdad?

Ella lo fulminó con la mirada.

–Es cierto que necesito dormir. ¿Te importaría llevarme a la casa de huéspedes? Si no, puedo pedir un taxi. Ah, ¿te importaría pedirle la llave a mamá?

Solo había ido a la casa de huéspedes en un par de ocasiones, mientras que su madre sí que había ido a dormir allí, salvo un par de ocasiones en las que había ido y venido a Warren Court con el helicóptero de Ben.

La última vez, Elizabeth le había contado que su secreto ya no lo era. Las noticias enseguida corrían y todo el mundo sabía quién era el padre de Emmy.

De todos modos, para ella lo único importante había sido que Ben no lo supiera, y, como ya lo sabía, el resto del mundo le daba igual.

–¿No quieres ir andando? –bromeó él.

–Podría, ¿no? –respondió Lily, sin darse cuenta de que Ben no se lo había dicho en serio.

–De eso nada, yo te llevaré, aunque tendrás que pagarme la gasolina, por supuesto.

El comentario la hizo sonreír. Era mucho más sencillo hacerlo en esos momentos, en los que ya no sentía miedo.

–Gracias –le dijo, dando un sorbo al té y haciendo una mueca–. Es increíble, ¿verdad?

Ben, que ya había llegado a la puerta, se dio la media vuelta. Lily estaba sentada en la cama, con las piernas cruzadas y el rostro envuelto en rizos rojizos. Sonriendo, parecía demasiado joven para ser madre. Él tuvo que hacer un esfuerzo para no volver a atravesar la habitación y tumbarla en la cama.

Ella sí que era increíble, tan dulce y valiente. Aunque también era lo suficientemente testaruda como para volver loco a un hombre, pero imaginaba que cualquier hombre lo habría considerado un privilegio.

–Sí, increíble.

Ben salió y ella se dio cuenta de que había estado conteniendo el aire.

Diez minutos más tarde le habían tomado la tensión y un médico joven, que a juicio de Ben todavía tenía mucho que aprender acerca de la distancia que debía guardarse con un paciente, le había dejado marcharse. En esos momentos iban hacia la entrada principal.

Al salir, Lily leyó en voz alta el cartel que había sobre el espacio en el que Ben había aparcado su coche plateado.

–«Reservado para el Director Administrativo».

–¿Qué quieres que te diga? Soy un rebelde.

Aquella infracción pareció indignar a Lily, así que Ben se intentó justificar.

–Créeme, sería más fácil ver a una piara de cerdos volando que a un director administrativo trabajando un sábado.

Lily había olvidado que estaban en fin de semana, pero, no obstante, decidió decirle a Ben lo que pensaba.

–¿Qué pasaría si todos fuésemos por ahí incumpliendo las normas?

–¿Piensas que por haber aparcado donde no debía voy a llevar a la ruina a toda la sociedad?

Ella sonrió de repente.

–No, pero me gusta tomarte el pelo.

–¡Eres una...!

Con el corazón acelerado, Lily esperó, pero entonces un hombre vestido de uniforme apareció casi oculto detrás de un enorme arreglo floral.

–¿Señorita Gray?

–Sí.

–Me ha parecido que se marchaba. Ha llegado esto para usted –dijo el hombre, asomando la cabeza por un lateral.

–Yo lo llevaré –dijo Ben, haciéndose cargo de la enorme cesta de flores.

–¿De quién será? –preguntó Lily sorprendida, abriendo el sobre que había en lo alto.

Entonces sonrió. Lara.

Su gemela le había enviado un mensaje todos los días para preguntar por Emmy, pero no habían hablado. Había sido su madre la que le había dado la noticia, la doble noticia.

Ben vio sonreír a Lily, pero no tardó en ponerse seria.

–Es de tu abuelo.

–¿Y de quién pensabas que era?

Todavía con el ceño fruncido, Lily levantó la vista de la tarjeta.

–¿Qué...? Ah, pensaba que podían ser de Lara.

Ben tardó unos segundos en darse cuenta de que había sentido celos.

–Ah, por supuesto.

–Dice que está deseando conocer a su bisnieta. Y que me da la bienvenida a la familia... ¡Vaya!

Mientras Ben guardaba las flores en la parte trasera del coche, Lily le preguntó:

–¿No te sorprende?

–La verdad es que no, creo que ya pensaba que nunca iba a tener hijos.

–Yo me siento aliviada. Pensé que tal vez mamá se quedaría sin trabajo.

La idea sorprendió a Ben.

–Es un viejo testarudo, Lily, pero no es un monstruo. Jamás castigaría a tu madre por los pecados...

–Míos –dijo ella, sintiendo de repente ganas de llorar.

Ben maldijo entre dientes mientras ambos subían al coche. Con el motor arrancado, se giró a mirarla.

–No era eso lo que iba a decir, pero si quieres que hablemos de pecados...

Lily lo miró y él giró la cabeza también. En sus ojos había deseo.

–Hablemos –continuó Ben–, porque tengo que admitir que este ha sido un pecado del que he disfrutado mucho.

Lily no se esperaba el beso. Suspiró, cerró los ojos, y disfrutó de la sensación. Entonces se terminó, pero el rostro de Ben siguió tan cerca del suyo que Lily pudo sentir su respiración en las mejillas, en los párpados.

–Fue así de maravilloso, y nos dio a Emily Rose. Si quieres llamarlo pecado, hazlo. Yo diría que fue algo excepcional, muy excepcional.

Al apartarse, Ben le rozó un pecho con la mano, pero un segundo después se estaba moviendo el coche.

Lily se preguntó cómo era posible que ella estuviese tambaleándose, mientras que Ben se comportaba como si no hubiese ocurrido nada. Estaba tan confundida y, al mismo tiempo, tan cansada, que cinco minutos después se preguntaba si lo había soñado o si había sido real.

–Me parece que te has equivocado de camino –le dijo, al ver una calle bordeada de árboles, con casas grandes, un parque.

–No, no me he equivocado.

Lily suspiró. ¿Por qué los hombres no admitían nunca que se habían perdido?

–Sé que no soy más que una mujer, pero... ¿Por qué has parado aquí?

Se habían detenido al final de la calle, delante de la última casa.

Lily supuso que Ben iba a dar la vuelta, y se giró en el asiento, pero las enormes puertas de la propiedad se abrieron y Ben entró en ella. Detuvo el coche en la zona delantera, que estaba empedrada.

Luego, miró el teléfono.

–Quince minutos, no está mal.

–¿Me vas a decir qué hacemos aquí? ¿O tengo que adivinarlo? –le preguntó ella, intentando contener un bostezo.

–¿No te lo he dicho? –preguntó él, tendiéndole un manojo de llaves–. ¿Qué te parece?

–¿El qué? Mira, Ben, estoy cansada. No tengo ganas de juegos.

«Ni de besos», se mintió a sí misma.

–No es perfecta –admitió él–, ni es una solución permanente, pero no había mucho donde elegir que estuviese cerca del hospital.

Antes de que le diese tiempo a responder, Ben se había bajado del coche.

Ella se llevó las manos a las sienes y esperó a que le abriese la puerta.

–¿Te duele la cabeza?

Lily bajó las manos y lo miró.

–Se me pasará. Mira, a este paso, cuando lleguemos a la casa de huéspedes va a ser hora de volver al hospital.

Él asintió.

–Estás muy pálida –comentó.

–Pues tú tampoco pienses que tienes muy buen aspecto –replicó ella.

–Me gusta pensar que me quieres por algo más que por mi cuerpo y elegancia en el vestir.

Ella abrió la boca para contestarle que no lo quería, pero entonces se dio cuenta. Palideció todavía más.

¿Cómo había podido ocurrir?

¿Cómo era posible que estuviese enamorada de él?

–Sé que la situación no es la perfecta.

Ella parpadeó. No sabía cuánto tiempo llevaba allí, con la boca abierta. Mucho. El caso era que Ben seguía hablando como si no hubiese ocurrido nada. Aunque era normal, para él no había ocurrido nada.

–Me han dado las llaves esta mañana.

Lily intentó hacer acopio de fuerzas antes de salir del coche. No quería tener que agarrarse a Ben, casi no podía ni mirarlo a la cara.

–¿Te estás alojando aquí? –le preguntó, mirando el edificio que tenía delante.

A ella le gustaba, pero le resultaba un lugar extraño para Ben, que era un hombre de estilo más bien moderno.

–¿No has oído nada de lo que te he dicho? –preguntó este, exasperado–. Entra.

–¿Me voy a quedar aquí?

Entró en la casa delante de él y miró a su alrededor.

–Es una casa muy bonita –le dijo en tono educado.

–Es algo temporal. La he comprado amueblada así que... no te fijes en la decoración. Los anteriores dueños utilizaban la casita que hay en el jardín para el ama de llaves, que podría quedarse.

–Muy bonita, pero no entiendo qué tiene que ver conmigo.

–Mañana te lo explicaré. Ahora lo que necesitas es dormir.

Ben miró hacia las escaleras, preguntándose si Lily podría subirlas sola.

Esta no se movió.

–La has comprado... ¿por qué? ¿Vas a meterte ahora en el mercado inmobiliario?

–Por el momento, no. Mira, ambos sabemos que a los niños les dan el alta mucho antes si viven cerca del hospital y pueden acercarse a este a diario.

–¿Has comprado una casa para que le den antes el alta a Emmy? –dijo ella, intentando no ponerse a llorar–. Entonces, es que creías que se iba a poner bien.

Capítulo 8

YO CREÍA que tú también lo creías.

Lily contuvo una carcajada y sonrió.

–Tenía que creer. La alternativa... No podía soportar pensar otra cosa –admitió–, pero no sé qué decir. ¿Has hecho todo esto? Es demasiado.

Ben se encogió de hombros. Su gratitud lo incomodaba. Aunque no hubiese sido por decisión propia, lo cierto era que Lily había estado sola con la niña durante dos años, y él estaba empezando a darse cuenta de que eso era toda una responsabilidad. De hecho, era una responsabilidad que él siempre había evitado. Lo que no había sabido era lo feliz que se podía ser viendo a través de los ojos de un niño, y cómo algo completamente mundano podía convertirse en algo maravilloso.

–No es nada.

Ella rio y giró sobre sí misma.

–Esto no es nada.

Ben la agarró del brazo.

–En comparación con ver sonreír a Emmy, no es nada.

Recordó lo que le había dicho su abuelo la última vez que habían discutido.

–Piensas que todo es conseguir beneficios, pero no es así. Piensa en las personas... Sabes lo que cuesta todo, pero no le das valor a nada.

Aunque habían acercado posturas, Ben apretó la mandíbula al recordar aquello.

Se aclaró la garganta y se encogió de hombros, sin mirar a Lily a los ojos.

–Tal y como está el mercado, no vamos a perder nada. Podríamos vender la casa mañana y ganar dinero. Así que no lo he hecho de manera completamente altruista, es una casa grande.

Ella pensó en el beso y se estremeció. No era fácil leer entre líneas, sobre todo, estando tan cansada.

–¿Tienes pensado vivir aquí?

Él la miró como si quisiese decirle algo, pero entonces negó con la cabeza.

–Mira, ya hablaremos de esto más tarde. Lo que necesitas ahora es dormir. Te enseñaré dónde está la habitación.

–¿Me despertarás si hay noticias?

–Te lo prometo.

–No me dejes dormir demasiado.

Ben pensó que Lily necesitaba dormir por lo menos una semana seguida, pero asintió.

La dejó frente a la puerta de la habitación que había en el primer piso y Lily casi no se fijó en la decoración. Fue directa a la cama moderna, pero con dosel. Suspiró, cerró los ojos y se durmió enseguida.

Quince minutos más tarde, Ben fue a verla y llamó a la puerta, que estaba entreabierta. Al no obtener respuesta, la empujó con cuidado y entró. Solo se oía el suave sonido de la respiración de Lily.

Atravesó la habitación y bajó cuidadosamente las persianas para atenuar la luz.

Al pasar junto a la cama, suspiró.

Y ya estaba de nuevo en la puerta cuando se dio la media vuelta y volvió a acercarse a ella. Estaba tumbada boca abajo, con un brazo doblado por encima de la cabeza y el otro al borde de la cama. Tenía el rostro medio escondido en la almohada y la melena rojiza a su alrededor. Parecía un ángel.

Ben desdobló una manta que había a los pies de la cama y la tapó antes de quitarle una bota y después la otra.

—¡Cásate con ella! —le había dicho su abuelo.

Y, por supuesto, siendo el hombre que era, lo había dicho como una orden, no como una sugerencia.

Ben lo había escuchado, no porque pensase que la idea era buena, sino porque sabía que la intención de su abuelo, por anticuado que fuese, era buena.

—El compromiso no tiene por qué ser algo malo. La vida no es siempre un choque frontal.

Mientras lo escuchaba, Ben se había dado cuenta

de que su abuelo no le estaba diciendo nada que él no hubiese pensado antes.

No había planeado formar una familia, pero dado que tenía una, ¿no sería lo más sensato formalizar las cosas? Ben había seguido dándole vueltas a la idea. Aunque se había dicho que sería un matrimonio de conveniencia porque era demasiado cobarde para hacer frente a la realidad. Esa mañana había abierto los ojos, se había dado cuenta de cómo sería perder a un ser querido.

«¿No sería mucho peor perder a alguien a quien quieres y saber que no has tenido el valor de admitir, ni siquiera a ti mismo, que la querías?».

Aunque a la preciosa, maravillosa Lily no iba a pasarle nada. En ese preciso instante, Ben deseó despertarla y decírselo. Tuvo que hacer un gran esfuerzo para contenerse.

Sabía que no era el momento adecuado. Ella estaba centrada exclusivamente en Emily Rose y tenía razón. Ben estaba seguro de que si le proponía que se casase con él, Lily sospecharía de sus intenciones, o se reiría de él.

Apretó la mandíbula y salió de la habitación. Tenía que pensar a largo plazo. Tenía que demostrarle a Lily que era el hombre que quería, el hombre al que necesitaba. Y no solo en la cama, aunque no fuese mal lugar para empezar. No obstante, no era el momento, Lily estaba emocionalmente muy vulnerable.

La casa tenía un estudio que era, de todas las habitaciones, en la que más se notaba la falta de objetos personales. Las estanterías estaban vacías, salvo una enciclopedia antigua y un par de novelas viejas. La pared que había detrás del escritorio tenía varias marcas rectangulares en la pared, como si hubiese habido fotografías o cuadros allí colgados.

Ben abrió su ordenador portátil y probó el sillón. Por una vez, le costó concentrarse, pero consiguió trabajar una hora antes de decidir hacer un descanso. Debió de quedarse dormido, porque el sol ya no entraba por las puertas dobles cuando se despertó sobresaltado.

El grito desgarrador hizo que se le pusiesen los pelos de punta. Por un segundo, se quedó inmóvil, y entonces volvió a oírlo y salió corriendo. Subió las escaleras y abrió la puerta con fuerza.

La habitación estaba en silencio y vacía, a excepción de la figura que estaba sentada, muy recta, en la cama. Tenía los ojos abiertos, la mirada perdida, al frente.

Ben se sintió aliviado al verla entera, de una pieza, y no bañada en un charco de sangre o algo similar.

Atravesó la habitación y se arrodilló a su lado, en la cama. La agarró de los brazos y se dio cuenta de que tenía la piel fría, pero húmeda del sudor.

–¿Qué te pasa?

Ella lo miró como si no lo reconociese, estaba temblando.

–Lily, háblame –le pidió con voz ronca–. Dime qué te ocurre, nena.

Ella no respondió, frunció el ceño y parpadeó.

–¿Qué ocurre, Lily? Dime algo.

–Yo... estaba dormida, ¿verdad? Ben, ¿qué estás haciendo aquí?

Lily no sabía dónde estaba, se sentía confundida, pero no asustada. Ben estaba muy guapo, con la camisa parcialmente desabrochada y despeinado. Los pantalones vaqueros le sentaban como a nadie.

–¡Emmy!

Ben le aseguró que la niña estaba bien, y que iba a ponerse bien.

–Has gritado –le contó entonces.

–¿De verdad? –preguntó ella, con el ceño fruncido.

Él le acarició los brazos y la ayudó a volver a tumbarse.

–Duérmete, cielo. Estabas soñando.

Ella arrugó la nariz, confundida.

–No me acuerdo.

Ben contuvo una carcajada. A él no se le iba a olvidar, el sonido de su grito lo acompañaría para siempre.

–No pasa nada, es normal tener pesadillas –le explicó, dándole un beso en la frente–. Duérmete otra vez.

Cual princesa de cuento de hadas despertada por un beso, Lily pudo pensar con claridad de repente.

Ben estaba poniéndose en pie cuando lo agarró del brazo.

–No pasa nada. Has tenido un mal sueño. Cierra los ojos y vuelve a dormirte.

Ella negó con la cabeza, siguió agarrándolo con fuerza. Su mirada había cambiado. Ya no había confusión en ella, sino determinación.

–Mañana no te acordarás de nada.

Lily alargó la mano para tocarle la mejilla.

–No estoy soñando, estoy completamente despierta.

–Ya lo veo –respondió Ben estudiando su bonito rostro y pensando que la quería.

–Quédate, Ben, por favor. No quiero estar sola.

Él gimió entre dientes, notó que perdía el control.

–Lily, me estás matando. Ojalá pudiese quedarme, de verdad.

Le apartó un mechón de pelo de la cara y vio que tenía una lágrima en la mejilla.

–Estás llorando –comentó, tomando su cara con ambas manos.

–¿Sí?

Lily alargó la mano y le acarició la mejilla.

–Quiero que me abraces.

–Ojalá pudiese –respondió Ben, sabiendo cuáles eran sus límites.

Quería reconfortarla, pero sabía que, si la tocaba, después no podría parar.

–Me has besado en el coche...

Él le agarró la mano y se la apartó del rostro.

–Me ha gustado –continuó Lily–. ¿Puedes hacerlo otra vez?

Ben clavó la vista en sus labios. Quería besarla, pero sabía que si lo hacía tampoco podría parar. «¿Qué tiene eso de malo?», le preguntó una voz en su cabeza.

Ambos lo querían y los dos eran adultos, ¿qué se lo impedía? Prácticamente nada.

–Ben, por favor. ¡Quiero que me hagas el amor!

Si bien era cierto que Ben ya no era dueño de sus impulsos, podía haberse marchado en ese momento.

La mirada se le oscureció y Lily notó cómo se ponía tenso. A ella también se le encogió el estómago.

–De hecho, necesito que me hagas el amor –insistió, sintiéndose aliviada por habérselo dicho–. Llevo demasiado tiempo asustada. Solo quiero sentir calor, quiero sentirme segura y...

Se interrumpió, no podía ser completamente sincera.

–No quiero sentirme sola –susurró–. ¿Me entiendes?

Él asintió lentamente, le tocó el rostro. Solo quería acariciarle la mejilla, pero fue tocarla y perderse.

Hizo un esfuerzo sobrehumano por recuperar el control.

–Estás emocional y físicamente agotada. No sabes lo que estás diciendo.

Ella lo miró con incredulidad.

–¡No te atrevas a decirme lo que sé o lo que no sé! –replicó furiosa–. Y no finjas ser noble y caballeroso. Dime la verdad. ¿No te gusto? Lo asumiré. Hombres mejores que tú me han rechazado, ¡cretino!

Ben le agarró la mano antes de que le golpease la mejilla y luego tiró de ella hasta que la tuvo encima.

–No es posible que ningún hombre te haya rechazado –le dijo.

Lily se retorció entre sus brazos y se sentó a horcajadas sobre él.

–¡Suéltame!

–No te estoy sujetando.

Se miraron fijamente a los ojos y entonces Ben la agarró por las muñecas y tiró de ella para que cayese de nuevo sobre su cuerpo. Lily cedió y se tumbó sobre él.

Ben se giró y ambos acabaron tumbados en la cama, frente a frente.

–¿Seguro que quieres esto?

Ella asintió y se estremeció mientras Ben acercaba las manos a sus pechos.

–Voy a acariciarte.

–¿Dónde? –susurró Lily.

Él sonrió y le pasó la lengua por el lóbulo de la oreja.

–Todo el cuerpo.

–¿De verdad?

–Te lo prometo.

Ben tomó su mano y se la apoyó en el pecho.

–¿Y qué vas a hacer después?

–Devorarte.

Ella se derritió por dentro.

–Me encanta mirarte –le confesó.

Ben la besó al oír aquello. La besó como si quisiera vaciarla por dentro, pero en vez de sentirse vacía, Lily se sintió más viva que en toda su vida.

Cuando se separaron, ambos respirando con dificultad, Ben parecía tan agitado como ella.

–¿Estás segura?

–Completamente.

Se desnudaron en silencio, haciendo pausas para tocarse y acariciarse, explorarse y admirarse, y cuando terminaron, se tumbaron juntos en la cama.

Ben pasó una mano por su costado y colocó la pierna de Lily sobre su cadera mientras tomaba con la mano un pecho perfecto y lo acariciaba antes de inclinar la cabeza para metérselo en la boca.

Lily suspiró profundamente y enterró los dedos en su pelo. El vello que cubría su cuerpo era oscuro, como el de la cabeza. Ben tenía un cuerpo de hombre. Ella pasó un dedo por el centro de su pecho y siguió bajando.

Ben gimió al notar su mano alrededor de la erección, y entonces Lily hizo con la lengua el mismo recorrido que había hecho con la mano.

Él aguantó todo lo que pudo, hasta que pensó que iba a perder el control y la agarró de los hombros. Lily levantó la cabeza para mirarlo.

–Me toca a mí –le dijo él.

–¿Vas a acariciarme entera?

–Nunca rompo una promesa –le aseguró Ben sonriendo.

Y no lo hizo. Cuando por fin la penetró ya había recorrido todo su cuerpo y la había hecho llegar casi al límite varias veces.

Lily gimió de placer. La sensación de tenerlo dentro, moviéndose en su interior, llenándola de una manera maravillosa, haciéndola ser consciente de su propio cuerpo, hizo que explotase por fin.

Recuperó el aliento poco a poco, se sintió feliz.

–No te has dejado ni un centímetro de piel –admitió, sonriendo–. De hecho, has encontrado lugares que ni siquiera sabía que existían.

Luego se abrazó contra su pecho y se quedó dormida. En esa ocasión no tuvo pesadillas.

–¿Qué tiene que hacer un hombre para poder despertar a tu lado en la cama? –le preguntó Ben en tono de broma, aunque la pregunta se la hacía en serio.

Se había despertado temprano y lo único que había encontrado en la cama había sido el suave olor de su cuerpo en las sábanas. Se había sentido perdido.

Lily tomó la cafetera. Su aspecto era limpio, mientras que Ben estaba despeinado y descalzo, con los pantalones vaqueros desabrochados y la camisa abierta. No obstante, estaba muy guapo.

–Tengo que volver al hospital.

Miró la cuchara que tenía en la mano. No sabía cuántas cucharadas de azúcar se había puesto, pero le dio igual, añadió otra más.

El horrible sabor le permitió pensar en otra cosa que no fuese la atracción que sentía por Ben.

–Lo de anoche –empezó, alegrándose de que Ben hubiese dejado de andar al oír aquello.

Él arqueó una ceja y abrió la nevera.

–Te escucho.

–Era lo que necesitaba, así que gracias –le dijo, y vio que él ponía gesto de sorpresa–, pero no voy a pedirte que te acuestes conmigo por compasión todas las noches.

Ben, que se había llevado el cartón de leche a los labios, se atragantó.

–¿De verdad piensas que es eso lo que ocurrió anoche?

–Relájate. No voy a empezar a hablar de experiencias profundas e importantes –le dijo ella, dispuesta a conservar su dignidad.

–Fue sexo. Un sexo estupendo –continuó–. ¿No te parece?

Ben pensó en que había sentido paz entre sus brazos, había sentido que aquel era su lugar.

–Sí, estoy de acuerdo.

Luego dejó el cartón de leche otra vez en la nevera y la miró fijamente a los ojos mientras se apoyaba en la puerta de acero inoxidable.

–¿Te sientes incómoda?

Lily intentó sonreír con sinceridad.

–En absoluto, estoy bien. Está olvidado.

–Si creyese lo que me dices, me sentiría insultado –bromeó él.

Pero Lily no se dio cuenta de que estaba bromeando.

–No, no. quería decir que estuviste genial.

–Continúa. Esto se está poniendo interesante.

–Fue, lo de anoche fue... intenso, y dadas las circunstancias yo... fue... Esto es...

–Incómodo, ya te lo he dicho –repitió Ben, pasándose una mano por la barbilla–. Supongo que ya habrás llamado al hospital.

Lily asintió.

–Todo está bien, pero...

–Quieres volver. Por supuesto, dame cinco minutos para que me duche y ve pensando en la solución que se me ha ocurrido a mí para que no nos sintamos incómodos.

–¿Qué solución?

–Ah, ¿no te lo he dicho? Deberíamos casarnos. Piénsalo –le dijo Ben antes de salir de la cocina.

Capítulo 9

LILY se quedó inmóvil todo un minuto, sin pensar. El cerebro tardó en volver a funcionarle, así que Ben ya estaba en el dormitorio que habían compartido la noche anterior cuando ella lo alcanzó. Ya le había dado tiempo a quitarse toda la ropa.

—Por favor, ponte algo –le dijo, intentando mantener la vista por encima de su cintura.

—No suelo ducharme vestido.

—No me gusta nada tu sentido del humor –replicó Lily–. ¿Qué es lo que has dicho?

—¿Te refieres a la propuesta de matrimonio?

—Merecerías que te dijese que sí, así aprenderías –le replicó.

Pensó que a Lara le habían pedido en matrimonio parando un avión. Ella no quería ninguna excentricidad, solo quería oír una palabra, la palabra amor.

—Tengo la esperanza de que me digas que sí, Lily.

Ella lo miró fijamente.

—¡No puedes hablar en serio! –exclamó, viendo que estaba muy serio–. ¿Por qué?

Solo podía haber una respuesta, pero no fue la que Ben le dio.

–No quiero que a mi hija la críe otro hombre.

La emoción que Lily había sentido por un instante desapareció.

–No tienes nada que demostrarme, Ben –le contestó ella, decepcionada–. Eres un buen padre.

Él arqueó las cejas, entendió la reacción de Lily.

–No pretendo demostrar nada –le dijo.

Ella se obligó a sonreír.

–Las últimas semanas has sido un gran apoyo.

–No quiero ser un apoyo. Quiero ser tu marido.

–No –lo contradijo–. Lo que quieres es ser el padre de Emmy, quieres hacer lo correcto y complacer a tu abuelo.

«Dime que me quieres... Aunque sea mentira, ¡dímelo, por favor!», pensó.

–Dile que me lo has pedido y que te he dicho que no, lo entenderá. El matrimonio sin amor es muy complicado.

Él guardó silencio y Lily se preguntó si, en el fondo, se sentiría aliviado.

–Me encanta que formes parte de la vida de Emmy y, pase lo que pase en el futuro, eso nunca afectará a tu relación con ella. Es todo un detalle que me lo hayas propuesto, pero no.

–¿Un detalle? –repitió él.

Lily asintió.

–Pero es una locura.

–¿Y lo de anoche?

–Lo de anoche fue... –respondió, sintiendo que perdía un poco el control de la situación–. Los dos hemos tenido mucho estrés últimamente.

Era una ironía, pero, en realidad, si no hubiese estado tan enamorada de él, tal vez hubiese considerado su propuesta. No obstante, sintiendo lo que sentía era imposible. No podía conformarse con menos...

–Mira, sé que no tenía que habértelo dicho así, pero, después de lo de anoche, he pensado que no tenía sentido esperar más. Solo te pido que lo pienses. Yo jamás imaginé que sería padre, pero lo soy y es una de las mejores cosas que me han pasado en la vida.

A Lily se le hizo un nudo en la garganta.

–Y lo haces muy bien. Sé que haces esto por Emmy, porque piensas que es lo mejor para ella, pero...

–Te voy a ser sincero.

Lily se dijo que siempre aquellas palabras solían ir seguidas de algo desagradable, así que se preparó.

–Pienso lo mismo que tú, que el matrimonio no es más que un trozo de papel.

Aquello la sorprendió.

–Pues estabas prometido e ibas a casarte la primera vez que te acostaste conmigo.

–No era verdad.

–¿Cómo se sentiría ella si te casases conmigo?

–¿Caro? ¿Qué tiene que ver ella con esto?

–Sigue siendo tu amiga –comentó Lily.

—¿Quién ha dicho eso?

Lily levantó la barbilla.

—Ella. Lo ha puesto en la dedicatoria de su nuevo libro.

—Será una broma, porque Caro y yo nunca estuvimos prometidos. Ella solo quería publicidad. Y, con respecto a nuestra amistad, te diré que no hemos vuelto a hablar desde que rompimos, aunque sí es cierto que me mandó una copia de su nuevo libro. Es una gran cocinera, eso es verdad. Si me hubiese casado con ella, ahora estaría hecho un tonel.

Ben bajó la vista a su vientre plano y Lily lo imitó. No se lo imaginaba gordo.

—Caro es historia. Yo tengo una familia, quiero tener una familia.

—Pero no hace falta que te cases conmigo. De todos modos, Emmy será siempre tu familia.

Ben contuvo el impulso de tomarla entre sus brazos y besarla para que se callase de una vez.

—No quiero ser un padre de fines de semana.

—Podrás ver a Emmy siempre que quieras —le dijo ella.

—¿De verdad quieres que nos repartamos los momentos más importantes de la vida de nuestra hija?

—No lo sé, Ben...

—Mira, cuando le den el alta a Emily Rose podríais venir aquí... Te dejaría poner las condiciones. Piénsalo.

Lily llevaba semanas viéndolo todos los días, ¿qué ocurriría si dejaba de hacerlo?

–Supongo que podría funcionar, pero... Compartiremos casa, pero no dormitorio.

Ben apretó la mandíbula.

–¿Y qué pretendes demostrar con eso?

–Has dicho que puedo poner las condiciones.

–Sí.

–Pues quiero más.

Ben se acercó a ella lentamente.

–Puedo darte más.

–Lo sé, pero...

Lily retrocedió y levantó una mano para detenerlo.

–¿Pero qué? Cásate conmigo.

Ella se mordió el labio, dudó.

–Por Emmy –insistió Ben.

Sus palabras hicieron que Lily recuperase la determinación y negase con la cabeza.

Si quería sobrevivir a su amor por Ben y a tenerlo en su vida por el bien de Emmy, necesitaba guardar las distancias.

–Me parece que no lo has pensado bien.

Él se pasó una mano por el pelo y se sentó en la cama.

–¡No he podido pensar en otra cosa!

–Sé que quieres a Emmy y que quieres recuperar el tiempo perdido, pero yo no estoy dispuesta a jugar a las familias felices. Ben, cuando me case, quiero hacerlo por los motivos adecuados.

–Pues a mí lo de anoche me pareció... muy adecuado.

–Fue sexo. Podemos compartir la paternidad. Esta casa es muy grande...

–¿Piensas que podemos compartir la casa, pero no la cama?

–Podemos comportarnos de manera civilizada...

Ben se puso en pie y se acercó a ella con actitud salvaje, primitiva.

–Habla por ti misma –rugió–. Lo único que puedo prometerte es que no llamaré a la puerta de tu habitación a medianoche.

–¿Y piensas que yo sí? –exclamó ella–. ¿Tan desesperada crees que estoy?

Él sonrió lentamente.

–Sí, bastante.

–De eso, nada –le aseguró, a pesar de saber que mentía.

Dos días después le dieron el alta a Emmy.

Todos los documentos estaban firmados, pero faltaban unos medicamentos de la farmacia y la enfermera había ido a buscarlos mientras Lily recogía.

–Ya están aquí –anunció la enfermera.

–No se preocupe, todavía no he terminado de recoger. No sabía que hubiésemos acumulado tantas cosas en un par de semanas –comentó Lily mientras guardaba la manta favorita de Emmy sin soltar a la niña, a la que tenía apoyada en una cadera.

Todo era más complicando teniendo a Ben a su espalda, fulminándola con la mirada.

–Yo la ayudaré –dijo la enfermera, tomando a Emmy y entregándosela a Ben–. Que la sujete papá.

Lily se giró justo en el momento en el que la niña agarraba con fuerza el labio de su padre.

–¡Emmy, eso duele! –le dijo.

–Eh, mejor dale besos a papá –añadió la enfermera.

Emmy le dio un sonoro beso en la mejilla y se echó a reír.

–Papá, papá...

Lily lo miró a los ojos por encima de la cabeza de la niña. La emoción que vio en ellos hizo que se le cerrase la garganta y tuvo que hacer un esfuerzo para no ponerse a llorar. Se maldijo, llevaba dos días intentando hacerse fuerte y con solo una mirada había estado a punto de venirse abajo.

¿Cómo iba a compartir casa con él? ¡Era una locura!

Dos semanas más tarde, Lily había cambiado de opinión. Allí la única loca era ella. Acababa de acercarse a la nariz un jersey que Ben había dejado sobre una silla.

–¿Qué estás haciendo? –se preguntó a sí misma.

Podía tener al hombre y estaba oliendo su ropa como si estuviese loca. ¡Se estaba volviendo loca!

Y Ben lo sabía. No le había dicho nada, pero lo sabía. No tenía por qué pasearse por casa medio desnudo, ni tocarla al pasar por su lado como lo hacía. La estaba torturando y... Lily se llevó una mano al pecho y cerró los ojos. No podía estar más enamorada.

Se dejó caer en una silla. No podía compartir casa con él. ¿En qué había estado pensando?

Tenía que haberle dicho la verdad, que no podía casarse con él porque lo quería y sabía que no era correspondida.

Se echó a reír, pero entonces se dio cuenta de que lo que necesitaba era ser sincera.

Estuvo dándole vueltas al tema hasta que oyó el timbre. A alguien se le había quedado el dedo pegado en el timbre e iba a despertar a Emmy de la siesta.

–Idiota –murmuró–. ¡Ya voy!

Una absoluta pérdida de tiempo.

La mañana había sido una absoluta pérdida de tiempo.

Durante la educada conversación que habían mantenido en el desayuno, había estado a punto de saltar.

La mujer que le había enseñado que no solo era capaz de amar, sino que necesitaba amor, estaba manteniéndolo alejado.

Tenía todo lo que quería al alcance de sus manos, pero no podía tenerlo. Y no podía continuar así, tenía que hacer algo al respecto.

Además, sabía que Lily tampoco era feliz. No

podía obligarla a quererlo, pero podía intentarlo e iba a hacerlo.

Los banqueros de mediana edad con los que estaba se comportaron como colegiales cuando una pareja de Hollywood que estaba sentada en la mesa de al lado se acercó a despedirse de él. Iban a salir por la puerta trasera del hotel porque en la puerta principal había prensa esperándolos.

Él también estaba deseando marcharse a casa. Cuando por fin salió, los flashes lo apuntaron solo un instante, ya que no era una persona especialmente mediática.

No obstante, varios periodistas lo reconocieron y le hicieron alguna pregunta mientras el portero le abría la puerta de la limusina.

Todo el mundo miró a la atractiva pelirroja ataviada con un vestido rosa fluorescente muy ajustado que iba en dirección a Ben.

Este no entendió qué hacía allí la hermana gemela de Lily, pero el caso fue que, en cuestión de unos segundos, esta lo abrazó por el cuello y le dio un beso en los labios. Olía a alcohol.

Ben se quedó inmóvil un instante y luego la obligó al subir al coche.

—¡Arranca! —le dijo al chófer mientras su acompañante se ponía a roncar.

Capítulo 10

LILY corrió hacia la entrada mientras seguía sonando el timbre aunque, por suerte, no se oía nada en el piso de arriba, que era donde Emmy estaba durmiendo.

–¡Voy!

Abrió la puerta con el ceño fruncido y se quedó de piedra.

–¡Dios mío!

–Esto... no es lo que parece –le dijo Ben, que llevaba a su gemela colgada del hombro.

–Lil... Lil... –balbució esta.

–Ha aparecido de repente... Y no está sobria.

–Ya me he dado cuenta –respondió Lily, que no había podido evitar sentir celos al ver a Ben agarrando a su hermana.

–No sabía qué hacer con ella, así que...

–Te la has traído a casa.

–Estaba desesperado –admitió él, respirando hondo–. Tengo que contarte que tu hermana me ha besado, y que lo ha captado la prensa.

–¿Y te ha gustado?

–¡No!

–¡Eh! Que beso muy bien –dijo Lara.

Ben puso los ojos en blanco e hizo una mueca de desprecio.

–No sabe lo que dice.

–Has hecho lo correcto –le dijo Lily.

–Enhorabuena, ¿puedo ser el padrino, digo, la madrina? –preguntó su hermana.

–¿Crees que necesita un médico? –le dijo Lily a Ben, preocupada.

–Lo que necesita es dormirla.

–Espero que tengas razón.

Lo siguió escaleras arribas mientras Ben llevaba a Lara a la habitación de invitados más cercana.

Sin dudarlo, Ben dejó a Lara sobre la cama y suspiró aliviado.

–¿Te puedes quedar tú con ella? Yo ya estoy saturado.

Lily asintió.

Tardó media hora en dejar a su hermana durmiendo apaciblemente. Cuando volvió al piso de abajo, Ben se estaba tomando un whisky.

–Sé que son solo las doce, pero lo necesito. Tu hermana es... ¡Es una pesadilla!

–No, lo que le ocurre en realidad es que no es feliz. Está teniendo... problemas de pareja.

–¡No me extraña! –admitió Ben–. Está desequilibrada. No sé cuál es su problema, pero tampoco quiero saberlo.

–¿Quieres que suba a vigilarla, por si se despierta?

–No, no hace falta –respondió él–. ¿Te has puesto celosa?

–Un poco. Lara siempre... Yo me sentía invisible cuando estaba ella.

–¿Rivalidad entre hermanas?

–No. Yo no competía. Lara siempre era mejor en todo.

Ben alargó la mano y le acarició el rostro.

–Vales más que cien Laras juntas.

Ella sonrió.

–Los celos me han durado solo un segundo, hasta que he visto tu cara –dijo riendo.

–Me alegra que a alguien le parezca gracioso.

–Supongo que a su marido no se lo va a parecer. Aunque siempre podríamos decir que era yo.

–No vamos a hacer eso.

–¿Pero y si viene Raoul pensando...?

–Sé cuidar de mí mismo –la interrumpió Ben en tono divertido.

–Pero cuenta conmigo. Y con Emmy. Esta ha sido una época muy especial para mí –le dijo, emocionada–. Tengo recuerdos maravillosos, pero no podemos seguir así. Te mereces más.

Lily tenía lágrimas en los ojos, y él estaba inmóvil.

–Te mereces la verdad. Tienes que saber el motivo por el que no puedo casarme contigo.

Él avanzó entonces, su expresión era de angustia.

–¿Hay otra persona? ¿Ese médico...?

–¿Qué? No, por supuesto que no. No hay nadie. Y nunca lo habrá.

Lily dio un paso atrás.

–No puedo casarme contigo porque te quiero.

Esperó, pero la expresión de Ben no lo traicionó.

–Lo siento, pero ahora podrás entender por qué no podía aceptar un matrimonio de conveniencia.

–De acuerdo.

Lily tragó saliva. Había esperado que Ben se lo tomase bien, pero no tan bien.

–Avisaré a mamá para que sepa que está bien. Me llamó anoche y me contó que había recibido una llamada rara de Lara.

–No.

–¿Qué?

–Que ahora no –le dijo Ben, agarrándola del brazo–. Dímelo otra vez.

–¿El qué? Durante los últimos años nos habíamos distanciado...

–Y tú y yo nos hemos unido durante las últimas semanas.

–No estoy hablando de nosotros, sino de Lara y de mí.

Ben juró entre dientes.

–No quiero hablar de Lara.

–¿Qué quieres?

–Que vuelvas a decirme el motivo por el que no puedes casarte conmigo.

–Porque te quiero.

–No querías que ocurriese, pero ocurrió, ¿verdad?

—¿Cómo lo sabes? —le preguntó Lily sorprendida.

—Porque a mí me ha ocurrido lo mismo. Siempre pensé que no era capaz de amar a nadie... y lo prefería así, pero tú me has enseñado lo que es el amor, Lily. Has hecho que me sienta completo. Te quiero, Lily, con todo mi corazón.

La simplicidad y la sinceridad de sus palabras, la emoción de su voz, hicieron que Lily se le llenasen los ojos de lágrimas.

—¿Y por qué no me lo dijiste, Ben? Me he sentido tan mal...

—Estaba esperando.

—¿A qué?

—Quería demostrarte que mi amor era de verdad, y que te merecía.

—Me hiciste pensar que solo te importaba Emmy.

—No quería presionarte... ¿Cómo iba a saber que me querías? —le preguntó antes de inclinarse y descargar la frustración de las dos últimas semanas en un apasionado beso.

—Lo tenía todo planeado. Esta casa es un poco pequeña y mi abuelo se está haciendo demasiado mayor para seguir viviendo solo. Así que pensamos que podría instalarse en la planta baja y...

—¿Pensamos? ¿Es una conspiración? —preguntó Lily de broma—. La casa me da igual. Solo me importan las personas. Emmy y tú. Te quiero tanto, Ben...

Después se volvieron a besar.

–A mí tampoco me importa dónde vivamos. Mi hogar estará donde estés tú. Solo quería demostrarte que era sincero, que podía ser un buen padre y un buen marido. Ah, y tenía que haberte dicho que van a venir a ver la casa mañana. La voy a ceder al hospital, para familias que se encuentren en la situación que estuvimos nosotros.

A Lily se le llenaron los ojos de lágrimas.

–Qué idea tan maravillosa.

–Solo espero que muchas tengan un final feliz, como nosotros. El año pasado a estas alturas mi vida estaba vacía y ahora... tengo todo lo que necesito.

–Yo también –le dijo Lily, tomando su rostro con ambas manos.

Subieron las escaleras intentando no hacer ruido, pero al pasar por delante de la puerta de Lara, la oyeron llorar.

–Lo siento, Ben.

Este suspiró.

–Bueno, recuerda dónde lo hemos dejado y prométeme que si viene a nuestra boda habrá que esconder el alcohol.

–Querías una vida familiar, ¿no?

–Te quería a ti –le dijo él.

Unas semanas más tarde se casaron delante de sus amigos y familiares, pero para Lily lo más importante sería lo que Ben le había dicho aquel día.

Epílogo

Emily Rose Warrender.
Deberes de primer curso.
MI FIN DE SEMANA

Este fin de semana iba a montar a caballo, pero mamá y papá tuvieron que ir al hospital, así que me quedé con mi abuela y jugamos a las comiditas porque mi abuela es muy mayor, debe de tener hasta veinte años, y necesita estar sentada.

Mamá y papá han traído a un bebé esta mañana. Mamá dice que se parece a papá, pero yo creo que no, porque mi padre es muy alto y guapo, y Harry está arrugado y rojo. Mi mamá tiene el pelo rojo, como yo, y las dos somos muy guapas.

Harry todavía no sabe hacer nada, pero papá dice que cuando sea mayor, tal vez la semana que viene, le podré enseñar a jugar al fútbol y otras cosas que yo ya sé hacer. Papá dice que yo puedo ser la jefa.

Quiero mucho a mi papá y a mi mamá, y a Harry, aunque prefiero a mi caballo. Voy a ser muy buena jefa.

Era una presa inocente...

Contratada para catalogar la biblioteca de la casa Sullivan, la catedrática de Historia Elizabeth Brown está en su elemento. Los libros son lo suyo, los hombres… bueno, en ese asunto tiene menos experiencia.

Pero desde luego no está preparada para la inesperada llegada del dueño de la casa, Rogan Sullivan.

Rogan es un hombre oscuro, peligroso y diabólicamente sexy; exactamente el tipo de hombre del que debería alejarse. Pero Rogan tarda poco tiempo en demostrarle a la dulce e ingenua Elizabeth las razones por las que debería dejarse llevar…

UN HOMBRE OSCURO Y PELIGROSO
CAROLE MORTIMER

Acepte 2 de nuestras mejores novelas de amor GRATIS

¡Y reciba un regalo sorpresa!

Oferta especial de tiempo limitado

Rellene el cupón y envíelo a
Harlequin Reader Service®
3010 Walden Ave.
P.O. Box 1867
Buffalo, N.Y. 14240-1867

¡Sí! Por favor, envíenme 2 novelas de amor de Harlequin (1 Bianca® y 1 Deseo®) gratis, más el regalo sorpresa. Luego remítanme 4 novelas nuevas todos los meses, las cuales recibiré mucho antes de que aparezcan en librerías, y factúrenme al bajo precio de $3,24 cada una, más $0,25 por envío e impuesto de ventas, si corresponde*. Este es el precio total, y es un ahorro de casi el 20% sobre el precio de portada. !Una oferta excelente! Entiendo que el hecho de aceptar estos libros y el regalo no me obliga en forma alguna a la compra de libros adicionales. Y también que puedo devolver cualquier envío y cancelar en cualquier momento. Aún si decido no comprar ningún otro libro de Harlequin, los 2 libros gratis y el regalo sorpresa son míos para siempre.

416 LBN DU7N

Nombre y apellido	(Por favor, letra de molde)

Dirección	Apartamento No.

Ciudad	Estado	Zona postal

Esta oferta se limita a un pedido por hogar y no está disponible para los subscriptores actuales de Deseo® y Bianca®.
*Los términos y precios quedan sujetos a cambios sin aviso previo.
Impuestos de ventas aplican en N.Y.

SPN-03   ©2003 Harlequin Enterprises Limited

Deseo

PASIÓN DESBORDANTE

KATHIE DeNOSKY

Chance Lassiter prefería estar a lomos de un caballo que delante de una cámara. Pero la experta en relaciones públicas Felicity Sinclair creía que era el portavoz perfecto para recuperar la buena imagen de los Lassiter. El próspero ranchero haría cualquier cosa por su familia, de modo que invitó a la sexy ejecutiva a su rancho para ponerla a prueba. Muy pronto, sin embargo, fue él quien se vio examinado… Había llegado el momento de enseñarle a Felicity de qué estaba hecho un auténtico vaquero.

¿Podría soportar tener la tentación en casa?

¡YA EN TU PUNTO DE VENTA!

Bianca

«Te deseo, Natalie. Y no después de las cinco de la tarde. Ahora».

Todas las mujeres tienen una fantasía con la que solo se atreven a soñar en el silencio de la noche. Sin embargo, para Natalie Adams, una madre soltera, el hecho de tener una aventura en París con el multimillonario Demitri Makricosta superó incluso sus sueños más salvajes.

Demitri se había quedado impresionado con la fogosidad de Natalie. Una noche no le había parecido suficiente, así que para calmar su deseo había insistido en que ella se convirtiera en su amante. Con el fin de que Natalie no hiciera aflorar sentimientos que él había reprimido, la distraía con regalos deslumbrantes y vacaciones lujosas, asegurándose de que no hubiera más entre ellos...

SEDUCIDA POR ÉL
DANI COLLINS